제법 엄숙한 얼굴

제법 엄숙한 얼굴

지하련과 임솔아

작가
정신

소
설

잇   다

이 책에 대하여

'소설, 잇다'는 최초의 근대 여성 작가 김명순이 데뷔한 지 한 세기가 지난 지금, 근대 여성 작가와 현대 여성 작가의 만남을 통해 한국 문학의 근원과 현재, 그리고 미래를 바라보자는 취지에서 기획한 시리즈입니다.

이 시리즈의 큰 특징은 강경애, 나혜석, 백신애, 지하련, 이선희 등 활발한 작품 활동을 이어나갔으나 충분히 회자되지 못한 대표 근대 여성 작가들의 주요 작품을 오늘날 사랑받는 현대 작가들을 통해 새롭게 바라본다는 것입니다. '소설, 잇다'는 해당 작품들의 의의를 다시 확인하고, 풍요로운 결을 지닌 현대 작가들의 소설을 통하여 문학사적 의미를 되살릴 뿐만 아니라 읽는 재미까지 더하고자 합니다.

이로써 근대 작가들을 지금 우리와 함께 살아 숨 쉬는 동시대적인 인물로서 불러내고, 그들이 선구적으로 제시했던 문제를 환기하고 되새기며, 더불어 현대 작가 작품의 가치와 의미를 확인하는 것이 한 목표입니다.

지하련은 '결혼'으로 대표되는 가부장제 이데올로기가 여성을 억압하는 현실을 예리하게 그려내는 동시에 '하이칼라' 식민지 지식인의 위선적인 일면을 지적인 언어로 분석해내며 당대의 문단, 지식인들로부터 큰 주목을 받은 작가입니다. 겹겹의 구조로 이뤄진

근대적 억압과 모순을 세련된 방식으로 묘파해내는 그의 작품이 갖춘 현대성은 오늘날의 시선으로 보아도 놀랍도록 현대적으로 느껴집니다. 임솔아의 작품은 늘 우리 시대의 가장 치열한 질문을 쥐고서 사회를 둘러싸고 있는 허위와 폭력, 우리가 보지 못했던, 보지 않으려 했던 맹점 들을 직시해왔습니다. 임솔아가 일상의 작은 틈새를 담담하게 가리키는 동시에 그 균열의 근원을 좇아 탐구하는 방식과, 식민지 조선의 피폐를 끊임없이 관찰하면서도 기약 없는 비관이나 손쉬운 반성으로 빠지지 않았던 지하련의 회의는 서로 다른 시대임에도 매우 닮아 있습니다.

지하련과 임솔아는 문학을 통한 변화의 가능성을 쉬운 방식으로 긍정하지 않으면서도 소설만이 만들어낼 수 있는 새로움이 무엇일지 궁리합니다. 두 작가는 모두 지식인 혹은 소설가의 위치에 대해 고민하면서 한자리에 머물지 않고 계속해서 움직여왔습니다. 지하련과 임솔아가 서로 다른 시간대에서 출발하여 만들어낸 이 처음 만나는 길 위에서 독자분들께서도 자신만의 새로움을 마주할 수 있기를, 새로운 길을 함께 만들어갈 수 있기를 기대해봅니다.

편집부

차례

일러두기

* 모든 작품은 1948년 출간된 작품집 『도정』(백양당) 초판본을 저본으로 삼았다. 본문의 마지막에 발표 지면을 명기했다. 또한 발표 순대로 작품을 수록했다.

* 본문은 현행 한글맞춤법과 외래어표기법에 따랐으나, 작품 분위기에 영향을 주는 구어체 표현, 방언, 의성어, 의태어 등은 최대한 원문을 살렸다.

* 원문의 문장부호 표기는 현행 표기에 맞게 고쳤다. 대화와 인용은 " ", 생각과 강조는 ' ', 책 제목은 『 』, 글 제목은 「 」, 잡지와 신문의 이름은 《 》, 영화, 연극, 노래 등은 〈 〉로 통일했다.

* 원문의 표기를 참고하여 작품 이해를 위해 필요한 경우에는 한자를 병기했다.

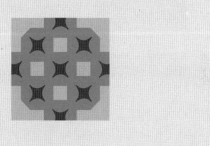

지하련

지하련의 작품은 1940년대 문단의 주목을 받았으며 마지막으로 발표된 소설 「도정」(1946)에 이르러서는 "8.15 직후 국내에서 발흥한 민주주의운동에 있어서의 양심의 문제를 취급한 거의 유일한 작품"('해방기념문학상' 후보작 심사평)이라고 일컬어질 만큼 고평을 받았으나 오랜 시간 잊혀왔다. 당대는 물론이고 오늘날에 이르기까지 지하련은 한 사람의 작가로서 알려지기보다는 시인 임화의 아내이자 사상적 조력자라는 이름으로 불려왔다. 이러한 그늘에 더해 월북 이력으로 인해 우리 문학사에 온전히 기록되지 않았고 충분히 읽히지 못했다.

지하련의 본명은 이숙희로, 대지주 집안에서 태어나 도쿄에서 유학 생활을 했다고 알려져 있다. 「체향초」와 같이 그의 소설에 자주 등장하는 지식인 '오라버니'와 그를 관찰하는 '누이'의 구도는 실제로 그의 오빠 중 세 명이 사회주의자였던 사실과 연관이 있다. 또한 「결별」 등의 작품에서 아내와 남편의 관계가 주요한 소재로 등장하는 것과 더불어 작가 자신이 임화의 아내라는 사실이 결합

되어 그의 작품은 자주 '누이' 혹은 '아내'의 서사로 좁게 해석되곤 했다. 그러나 지하련은 그 스스로가 유학 생활을 거친 지식인이었으며 사회주의 활동가였다. 불충분한 기록을 통해서도 그가 사회주의 운동으로 인해 검거된 이력과 해방 이후에도 적극적으로 정치 활동을 이어갔음을 확인할 수 있다. 이러한 이력을 나열하지 않더라도 지하련의 작품 속 '누이'와 '아내'들이 단순히 관찰자로서만 기능하는 것이 아니라 가부장제 속 여성으로서, 식민지하 지식인으로서 어떻게 살아가야 하는지 끊임없이 고민하는 인물들이라는 점만으로도 우리는 지하련을 한 시대를 치열하게 살아갔던 소설가이자 지식인으로 충분히 읽어낼 수 있다. 즉, 식민지 남성의 허위의식과 무기력에 대한 관찰과 투영, 그리고 반성은 엄혹했던 일제 말기, 해방정국에서 신념을 지키기 위해 저항하고 또 좌절하기를 반복했을 지하련 자신의 경험과 직접적으로 연결되어 있다고 할 수 있다.

지하련이 남긴 책은 그가 월북을 한 직후에 출간된 것으로 추정되는 작품집 『도정』 하나다. 일곱 편의 소설 외에 서문이나 작가의 말 등 다른 글은 실려 있지 않다는 사실은 마치 충분히 기록되지 못한 그의 생애를 연상시킨다. 혹은 작품만으로 단단히 서 있을 수 있는 그의 올곧은 정신을 닮아 있는 듯도 하다. 지하련은 과거 속에서 그늘진 채 잊혀온 작가인 동시에 작품이 스스로 지켜낸 아름다움만으로 홀로 형형히 빛나며 끊임없이 새롭게 읽힐 미래의 작가다.

소설

*

결별 訣別

어젯밤 좀 티각거린 일도 있고 해서 그랬던지 아무튼 일부러 달게 자는 새벽잠을 깨울 멋도 없어 남편은 그냥 새벽차로 일찌감치 간평*을 나가기로 했던 것이다.

형예가 눈을 떴을 때 제일 먼저 머리에 떠오르는 것은 어젯밤 다툰 일이다. 하긴 어젯밤만 해도 칠원 간평은 몸소 가봐야 하겠다는 둥 무슨 이사회가 어떠니 협의회가 어떠니 하고 길게 늘어놓는 남편의 이야기가 그저 좀 지리했을 뿐 별것 없었다면 그도 모르겠는데 어쩐지 그게 꼭 '이러니 내가 얼마나 훌륭하냐'는 것처럼 대뜸 비위에 와서

---

* 농작물을 수확하기 전에 미리 작황을 조사하여 소작료율을 결정하던 일.

걸리고 보니 형예로서도 가만히 있을 수 없어 자연 주고받는 말이란 것이 기껏

"남의 일에 분주한 건 모욕이래요."

"남의 일이라니 왜, 결국 내 일이지."

이렇게 나오지 않을 수 없었고 이렇게 되고 보니 딴 집으로만 났을 뿐 아직 한집안일 뿐 아니라 큰댁에서 둘째 아들을 더 힘 믿는 판이고 보니 하긴 남편의 말대로 짜장 그렇기도 한 것이 형예로선 더 뇌꼴스럽게* 된 판에다가,

"여자가 아무리 영리해도 바깥일을 이해 못 함 그건 좀 곤란해."

하고 짐짓 딴대리에서 거드름을 부리는 것은 더 견디어낼 수가 없어서 이래서 결국 형예 편이

"관둡시다, 관둬요."

하고 덮어버리게 된 이것이 어젯밤 사건의 전부고 그 내용이지만 사실은 이런 따위의 하잘것없는 말을 주고받은 것뿐으로 그저 그만이어도 좋고 또 남편이 이따금 이런 데서 그 소위 거드름을 부려 봐도 그리 죄 될 것 없는 이를테면 아내의 단순한

---

* 보기에 아니꼽고 얄미우며 못마땅한 데가 있게.

트집이어서도 좋을 경우에 형예는 곧잘 정말 화를 내는 것이 병이라면 병이다. 더구나 형예로선 암만 생각해봐야 조금도 다정한 소치에서가 아닌데도 노상 정부더리는 제가 도맡아놓고 하게 되는 결과가 노여울 뿐 아니라 항상 사태를 그렇게만 이끄는 남편의 소행이 더할 수 없이 능청맞고 괘씸할 정도다.

간밤에도 물론 이래서 잠이 든 것이지만 막상 아침에 깨고 보니 결국 또 손해 본 사람은 저뿐이다. 지금쯤 분주히 간평을 하고 있을 남편에 비해서 이렇게 오두마니 누워 천장 갈비만 헤고 어젯밤 일을 되풀이하는 제가 너무 호젓해서인지는 모르나 아무튼 일찍 일어났댔자 별로 할 일도 없고 또 일찍 일어나기도 싫어서 그냥 멍청히 누워 있으려니 어디서 난 거미줄 한 나불이 천장 복판에서 그네질을 한다. 형예는 어쩐지 그곳에 몹시 마음이 쓰이려고 해서 일어나 그걸 떼버릴까 생각하는 참인데

'여잔 왜 간평을 하러 다니지 않을까?'

하는 우스운 생각 때문에 문득 실소하려던 마음 한 귀퉁이에서 별안간 야단이 난다.

'그깟 일.'

하고 발칵하는 것이다. 다음 순간 형예는

'웬일인가? 내가 이렇게 비위를 잘 상우게* 되
는 것은 그를 대수롭게 여기지 않고 사랑하지 않
기 때문이 아닐까?'

하는 제법 맹랑한 생각이다. 하지만 그로서는
또 뭘 그렇게 치우쳐 다잡아볼 것 없이 그저 남편
을 사랑한다고밖엔 도리가 없는 것이, 이러지 않
고는 사실 일이 너무 거창해서인지도 모른다. 정
말 이래서 그는 그저 인망이 높다는 남편의 좋디
좋아 뺴는 그 눈자위가 가끔 비위를 상해줄 뿐이
라고 생각해버리는지도 모른다.

×

뭘 별로 생각하는 것도 없이 그저 이러쿵저러쿵
누웠으려니

"아지머니, 웃말 댁에서 놀러 오시래요."

심부름하는 아이가 말을 전한다.

형예는 얼른 이불을 걷고 일어났다.

* 상하게.

웃말 댁이라면 그저께 정희 혼인이 있은 집이고
정희는 먼 촌 시누이라기보다 더 많이 여학교 때
부터 절친한 동무다. 제바람에 가볼 주제는 없었
지만 아무튼 꽤 궁금하던 판이라 부리나케 세수를
한 후 그는 '서울 신랑', 그 걸때* 좋다는 청년을 함
부로 머릿속에 넣어보면서 어느 때보다도 조심히
화장을 했다.

×

"저녁에 아저씨가 오셔도 웃말 댁에 갔다고 여
쭈고 집안 비우지 말아라."

형예는 문밖을 나섰다.

너무 마음 써 치장한 때문인지 언제라도 입을
수 있는 흰 반회장 저고리에 옥색 치마가 쨍한 가
을 볕살에 눈이 부신다. 어째 횟박을 쓴 것처럼 분
이 너무 많이 발린 것도 같고 입술이 주홍처럼 붉
은 것도 같아서 뒷둑뒷둑 얼울한**판인데

---

  * 사람의 몸집이나 체격.
 ** 일 따위가 어그러져서 마음이 불안한.

"아이갸, 새댁 나들이 가나 베, 잔칫집에 가요?"

하고, 마을집 노인이 인사를 한다.

"네."

하고 그저 인사를 받는 둥 마는 둥 하려니, 어쩐 일로 그 노인이 꼭 얼굴만 보는 것인지…… 그는 귀밑이 화끈하다.

'망할 노인네, 속으로 무슨 흉을 잡으려구……'

형예는 괜히 이런 당찮은 소갈찌*를 부리고 역부러** 얼굴을 쳐들다시피 하고는 황황히 큰길을 나섰다.

큰길 옆 음식점 앞에선 무던히 키가 작고 다부지게 생긴 엿장사가 어느 우대 사투리론지 엿판을 치며 얼사녕을 빼고 있다. 그 옆에 우무룩한*** 애들, 손자를 앞세운 노인, 뒷짐을 짚고 괜히 주춤거리는 얼주정꾼, 이렇게 숱한 사람이 서 있었다. 암만 생각해봐도 어쨌든 그 앞을 지나칠 용기가 없을 상싶어서 형예는 수째 되돌쳐서 좁은 길을 잡았다. 좁은 길로 가면, 학교 뒤 긴 담을 돌아서도

* 소갈머리.
** '일부러'의 방언.
*** '앙큼하다'의 방언.

논둑길로 큰길 두 배나 가야 하고, 그보다도 길이
험해서, 애를 써서 보투 신은 버선발에 흙알이 들
어가면 낭패다. 그는 뉘 집 사립가엔지 죄 없이 하
늘거리는 몹시 노란 빛깔을 한 채송화 포기를 일
부러 잘근 밟으며 짜증을 냈지만, 아무튼 굳이 이
길을 잡은 그 사람 됨됨을 비록 스스로 자조한다
친대도, 영 갈 수 없었던 것은 의연 갈 수 없었던
것으로 어찌할 수는 없다.

형예가 좁은 길을 거진 다 빠져나려고 했을 때
다. 마침 그 삼가람길에서 그는 공교롭게도 명순
이와 마주쳤다. 명순이는 몹시 호사를 하고 사내
아이도 그 남편도 이 지방에서는 잘 볼 수 없는 값
진 옷들인 상싶다.

"어데 가니?"

"어디 가니?"

"나 온천에 좀 가."

대답하는 명순이는 밝고 다정한 얼굴을 해서 어
느 때보다도 아름다웠다.

두 사람은 인차* 헤어졌다.

* '이내'의 방언.

학교 뒤 긴 담을 돌아 나오려니

'저런 게 행복이라는 걸까?'

하는 야릇한 생각에 썸둑* 걸린다.

생각하면 형예는 전부터 명순이 같은 애들이 그
리 좋지 않은 폭이다. 명순이만 두고 말해도 처음
시집갈 땐 그렇게 죽네 사네 싫다던 아이가 시집간
지 얼마가 못 돼서부터 혹 동무들이 찾아가도 조금
도 탐탁해하지 않는 대신, 날로 살림 잘한다는 소
문이 높아가는 것부터가 싫기도 했지만, 그보다도
개개 두고 볼라치면 학교 때 공부 못하고 빙충맞게
굴던 군들이 시집가선 곧잘 착한 말 듣고 잘 사는
것이 참 이상하고 알 수 없는 속내이기는 했지만,
아무튼 그걸 부럽게 여길 마음보다는 일종 멸시하
고 싶은 생각이 더 컸던 상 싶다. 하지만 웬일로 이
제 이렇게 긴 담을 끼고 호젓이 생각하노라니 그
귀엽고…… 곧은 생각을 담옥담옥 지녔던, 죽은 숙
희라든가, 남편과 이혼을 하고 지금은 진남포 어디
서 뭘 하는지도 모른다는 지순이라든가 또 계봉이
나 이제 형에 저 같은 사람보다도 명순이 같은 애

* 섬뜩.

22

들이 훨씬 대견하고 그저 그만이면 그만으로 어째
훌륭한 것 같은 생각이 들기도 한다.

다음 순간 그는 마음속으로 가만히

'지순이는 뭘 하구 있을까? 무슨 빠엔가 찻집에
있다는 소문이 정말이라면 그건 명순이처럼 곧 남
편이 좋아지지 않은 죄고, 음악이 취미라고 해서
축음기 판을 무수히 사들이고 오켄지 뭔지 하는
데서 가수들이 오는 날이면 숱한 돈을 요리값으로
없애곤 하던 그 남편을 끝내 싫어한 죄일까?'

하고 생각해본다. 그러나 어쩐지 이런 생각이
채 끝나기도 전에 이보다 몇 배 더한 이상한 노여
움을 어찌할 수가 없다. 발아래 폭삭폭삭 밟히는
흙알을 한 줌 쥐어 누구의 얼굴에고 팩 끼얹고는
그냥 돌쳐서고 싶은 야릇한 분만*이다.

마침 성호천이란 냇물을 끼고 내리 걸으면서 그
는 마음속으로 패밭듯** 숱한 말을 중얼거렸다.
무슨 소린지 한참 중얼대고 나니까 어째 맘이 허
전한 것이 이상하게 쓸쓸한 정이 든다.

---

* 억울하고 원통한 마음이 가득함.
** 뱉듯.

쟁평하니 남실거리는 여울물이 보였으나 그는 죄꼬만한 돌멩이로 파문을 긋고 싶은 마음도 없이 그저 휘청휘청 걸었다.

어디 난 대사를 치른 마당이라고, 색기 나부랭이, 종잇조각, 떡 부스러기 이런 것들이 어수선히 널렸는데도 그게 상가나 무슨 불길한 마당과는 달라서 어쩐지 풍성풍성하고 훈훈한 김이, 어디에서고 당홍치마를 입은 신부나 귀밑이 파르란 신랑이 꼭 나타날 것만 같아서 짐짓 대청 앞을 피하고 샛문으로 해서 정희가 거처하는 방 쪽으로 가만가만히 가려니까 아니나 다르랴 정희가 뛰어나온다.

"요런 깍쟁이 고렇게 새침일 띤담, 그래 모시러 보내지 않았다면 안 올 뻔했지?"

정희는 야속하다는 듯이 눈을 흘긴다.

형예는 정희 태도가 하도 신부답지 않다기보다도 너무 전날 그대로여서 어떻게 보면 그게 더 고와 뵈는 것 같기도 했지만 또 한편 이상한 감을 주기도 해서 어쩐지 얼굴이 달았다.

형예가 정희에게 이끌려 마루로 올라서려니 여지껏 아랫목에 앉아서 두 사람의 수작을 보고 있던 퍽 해맑게 생긴 사나이가 밖으로 나온다. 형예

는 속으로 '저게 뭐니 뭐니 하는 이 집 사위로구나'
했다.

정희는 그저 얼떨떨해 있는 형예에게 자리를 권
할래 이야길 건넬래 뭘 또 차려 오게 하고, 한참 부
산하다.

"얘 덥단다. 내가 왜 시집왔니, 아랫목으로만 밀
게."

형예는 도무지 적당한 말이 없어 곤란하던 차라
아랫목으로 앉힌 것을 다행으로 아무렇게나 말한
것인데

"너 시집 좀 와보렴!"

하고 정희가 말을 받고 보니 영문 없이 또 귀밑
이 확확하다. 하긴 정희의 이런 말버릇이 이제 처
음도 아닌 게고 또 뭘 이대도록 무안을 탈 것도 없
지만 어쩐지 그는 왼편 바람벽 쪽으로 얼굴을 돌
리고 말았다. 그랬는데 하필 그곳엔 체취가 풍기
도록 고대* 벗어 건 것만 같은 넥타이가 끼인 와이
셔츠며 양복이 걸려 있어 여지껏 정희가 처녀였다
는 사실과 이상하게 엉클어져 그는 또 한 번 당황

* 이제 막.

하지 않을 수 없었다.

"그래, 얼마나 즐거우냐."

그는 급기야 애꿎은 정희를 놀리고 만 셈이다.

"너 이러기냐?"

하는 듯이 정희는 그 초랑초랑한 눈으로 장난꾼처럼 잠깐 형예를 쳐다봤으나 인차 무슨 마음으론지

"애, 너 서울 가서 살잖으련?"

하고 생글생글 웃으며 묻는 것이다.

"너희 서울엘 내가 뭐 하러……"

"언젠가 왜 너희 신랑 서울로 취직된다더니 그것 정말이냐?"

정희는 제 말을 계속한다.

"쉬, 갈지도 모르지만 아마 그이 혼자 가게 될 거다."

"건 또 무슨 재미람, 그래 너희 신랑이 혼자 가서 있겠다든?"

"그럼 넌 혼자 가질 못해서 가려는 게로구나."

"요런, 내가 내 이야길 했어, 내가 간댔어?"

하고 정희가 대받질*이다.

* 남의 말에 반항해 들이대는 짓.

결국 형예가

"얘 관둬라, 듣기 싫다."

하고 말을 끊었지만 그는 정희와 오래도록 앉아서 이런 이야길 주고받을수록 어쩐지 맘이 수수하다.

정희의 잉어처럼 싱싱한 청춘이 말과 동작으로 되어 눌리는 것처럼, 설사 그게 주책없어 뵌다고 한대도 아무튼 이상한 힘으로 압박함을 느끼지 않을 수는 없다.

형예가 한동안 그저 흥을 잃고 앉았으려니

"너 내가 시집간다니까 처음 생각이 어떻디?"

하고 정희가 말을 건다.

"어떻긴 뭐가 어때, 그저 가나 부다 했지!"

"어떤 사람에게로 가나 했지?"

"그래 어떤 사람에게로 갔단 말이냐!"

이래서 정희는 처음 '그이'와 알게 되던 이야기, 연애를 하던 이야기, 결혼하기까지의 실로 숱한 이야기를 들려준 셈이다.

형예는 정희가 은연중에 결혼을 늦게 하는 사람은 으레 의지가 강하고 이상이 높다는 자랑을 하는 것 같아서

"그야 좋은 연애를 해서 결혼하는 게 가장 이상일진 몰라두 연애라구 다 좋을 수야 있나."

하고 자칫하면 불쾌해지려는 감정을 자긋이 경험하면서도 웬일인지 또 한편 부끄러운 생각이 들었다.

학교를 마치던 해 정희와 도망갈 약속을 어기던 일, 별로 마음이 내키지도 않는 것을 어머니가 몇 번 타이른다고 그냥 시집갈 궁리를 하던 일, 생각하면 아무리 제가 한 일이래도 모두 지랄 같다.

그는 역부러 사과 한 쪽을 집고

"너 언제 시댁으로 가니?"

해서 생각을 돌리려고 한다.

"아직 잘 몰라."

정희는 왼통으로 있는 사과를 집는다.

"나 안 먹는다, 목이 마른 것 같아서……"

"그럼 식혜 가져오랴?"

"아니."

"대체나 아인 까다롭기두 해."

"까다롭긴, 네가 까다롭지 뭐."

"내가 뭐가 까다로워?"

"여태 골랐으니 말이다."

"못된 것 같으니라고, 어디서 말재주만 뱄어?"

형예는 조금도 마음에 있어 계획한 말도 아니면서 정희 말마따나 결국 말재주로 놀려주게 된 것이 우습고 또 어째 미안한 생각이 들기도 해서 다시 뭐라고 말을 건네려는데 별안간 밖에서 떠드는 소리가 난다.

"그 술상 하나 내오소 온…… 아니 서울 사위를 보문 다 이런가? 그 서울 사위 이리 좀 나오게그려, 내 좀 보세그래."

하고, 정희 끝엣당숙이란 양반이 술이 거울거울해서는* 익살을 부리는 판이다.

이 통에 정희가 듣다가 혹 신랑이 노여워할 말이나 하지 않을까 마음이 켜지는지 그만 초조한 얼굴로

"풍속이 다르니까 이해야 하겠지만서두 사람들이 너무 무관하게 구는 통에 불안해요, 더구나 떠드는 건 질색인데……"

하고 낯빛을 어둡힌다.

"아인 승겁기두, 그이가 질색인데 네가 왜 야단

* 거나하게 취해서는.

이냐 글쎄."

그는 정희 말을 받아서 이렇게 허투로 놀리기는 했어도 정희가 어느새 이처럼 참견하려 드는 그 마음이 암만 생각해도 이상할 뿐 아니라 객쩍으리만치

'정희는 반했나 보지, 제 말마따나 사랑하면 반하게 되나 보지, 제가 반하는 것은 남이 저한테 반하는 것보담 어떨까?'

하는 우스운 생각이 드는 것이다.

"너 왜 잠자코 있니, 내가 수선을 떨어 불쾌하냐?"

"미쳤어."

그러나, 정희는 뭘 별로 더 의심하려는 기색도 없이 그저 장난감을 감춘 소년처럼 또랑또랑 형에를 쳐다보며

"참 우리 인사할까? 그이하구."

하고 묻는다.

"싫다, 얘."

어리둥절해서 거절을 했을 때 정희는 몹시 섭섭한 얼굴을 했다. 결혼하기 전부터 이야길 많이 했고 그때부터 소개할 것을 약속했다고 하면서 사람

을 잘 이해한다는 것과 과히 인상이 나쁘지 않으
리라고까지 말을 한다.

형에는 제가 거절한 것이 무엇으로 보나 정말이
못 될 뿐 아니라 응당 알고도 시치미를 뗀, 이를테
면 저보다는 깍쟁이 같은 속인 줄은 조금도 모르
고, 그저 안돼하는 정희에게 일종 죄스런 생각이
들기도 해서

"그렇게 자랑이 하고 싶다면 내 인사할 테니 작
작 고만두자꾸나 애."

하고, 쉽사리 대답해버렸다.

×

두 색시가 저녁상을 받고 앉았는데 정희 어머니
가 들어왔다.

많이 먹으라는 둥 혼인날 왜 안 왔느냐는 둥, 인
사치레하랴 딸 걱정 사위 자랑하랴, 갈피를 못 잡
는 주인마나님의 부산한 이야기를 귀곁으로, 형에
는 제 생각에 기울었다. 그 좀체로 웃을 것 같지 않
은 모습이 제법 무심하게, 별로 말도 없이 그저 인
사만 하던 신랑의 태도가 어쩐지 이상한 불쾌와

더불어 괸물을 도는 맴쟁이*처럼 뱅뱅 머릿속을 떠나지 않는다.

정희 어머니는

"이제 시집이라고 훌 가버리면 그만인데, 자주 놀러 오게이. 있다가 밤참 먹고 오래 놀다 가게이."

하며, 쉬 큰방으로 올라갔다.

어머니가 나가자 정희도 따라 숟갈을 놓으며

"왜 고만 먹니?"

하고 쳐다본다.

"넌 왜 고만 먹니?"

둘이는 웃었다.

별 의미도 없는 그러나 몹시 다정한 웃음을 웃으면서도 어쩐지 형예는 점점 마음이 편칠 못하고 자꾸 어두워지려고 해서 곤란했다. 그런 데다 정희가 멋모르고 자꾸 이야길 꺼내놔서 더욱 딱하다. 그래서 그만 이빨이 쏜다고든지 두통이 심하다고든지 해서, 피해볼까도 생각해봤으나, 그러나 그럴 수도 없을 것 같아서

"한 번 보구 그런 걸 어떻게 아니."

* '물매미'의 방언.

하고 말을 받았다.

"깍정이 같으니라구……"

"그럼 꼭 좋단 말을 해야 한단 말이지, 그래 참 좋더라."

말이 떨어지자 형예는 도두 세우고 앉힌 종아리를 사정없이 얻어맞았다.

"아이 아파. 너 막 세勢를 쓰누나, 난 갈 테다."

하고 형예는 종아리를 만진다.

그는 비단 장난의 말로뿐 아니라 정말은 조금 전부터 그만 갔으면 하는 생각이 들기도 했다.

"노했니, 맘 놓구 때려서 아프냐?"

눈이 퀭해서 잠자코 앉았는 형예를 보자, 미안한 듯이 정희가 말을 건넨다. 그는 속으로 또 괜히 딴대리를 잡누나 하면서

"쑥스럽다 애, 하지만 네 기쁨에 내가 공연한 희생을 당한 셈이니 사과는 해야 하지 않어?"

하고 되도록 다정한 낯빛을 한다.

정희가 거진 방바닥에 닿도록 절을 하고, 서로들 웃고 하는 판에

"새댁들이 뭘 이리 크게 웃나?"

하고 정희 큰 오라범댁이 문을 연다. 일갓집 젊

은 댁들이 뫼서 신랑 신부 데려오라고 야단이 났
으니 빨리 큰방으로 가자는 것이다. 먼저 오라범
댁을 보낸 후 정희는 왜 오늘따라 오랬느냐고, 짜
증을 내다시피 하는 형예를 졸랐다.

"다들 모여서 논다는데 빠지면 섭섭할 것 같애
서 그랬지 뭐, 하긴 나두 별루 가구 싶은 건 아냐,
하지만 안 가면 또 뭐니 뭐니 말썽이 귀찮지 않어?
그리고 그이들하구 놀아보면 구수한 게 의외로 재
미있다 너."

하며 정희는 은근히 형예의 그 타협하지 못하는
곳을 나무라는 것이다. 형예는,

"그래, 내 혼인놀이라는데 아무렇기로니 네가
빠져야 옳단 말이냐?"

하고, 짐짓 채치는 정희 말이 아니라도, 아무튼
가야 할 것만 같아서 일어나긴 했지만, 대소가 젊
은이들이라면 모두 형예와는 동서뻘이거나 아지
머니뻘이겠는데, 어쩐지 그는 전부터도 이 사람들
을 대하기가 제일 거북했다. 따지고 보면 자기네
들도 다 소학교라도 마친 사람들이고, 이보다도
나들이 갈 때라든가 무슨 명일날 같은 때 볼라치
면 고운 옷은 더 잘 입는 것 같은데도, 어째 형예만

보면 연상 살금살금 갸우뚱거리는 것만 같고, 암만 애를 써도 그 사람들과는 도저히 어울리질 않는 것만 같아서, 오히려 완고한 할머니들을 대하기보다도 더 힘이 들고 싫었다.

"암만해도 난 그만둘까 봐."

형예는 한 번 더 주저한다.

"아인, 뭐가 그리 무섭냐."

정희는 갑자기 어른 티를 부리고 말하는 것이다.

전에도 이런 경우엔 일수 정희에게 야단을 맞는지라

"무섭긴, 누가 무섭대?"

하고, 그는 일부러 나지막한 대답을 하려는데,

"그럼 뭐냐, 너 그것 결국 못난 거다!"

하고, 정말 야단을 하는 것이다.

형예는 정희가, 너무 윽박지르려고만 하는 것처럼 자칫 노여운 정이 들려고도 해서,

"못나두 할 수 없지 뭐."

하고 말해버린다.

"글쎄, 그렇게 말함 그건 또 딴게지만, 아무튼 가야 해요. 고대 잘 놀다가 뭐가 무섭다구 도망한 것

처럼 되면 그 화나지 않어?"

정희는 두 손을 한데 모으고

"자, 갑시다, 제발 가주시옵소서."

하는 듯이 비는 흉내를 한다.

형예는 하는 수 없기도 했지만, 그보다도 정말 오라버니처럼 친절한 것이 오늘따라 더 가슴에 와서

"아인 극성이기두 해."

하고 따라 나왔지만, 축대를 내려서면서 그는 마음속으로,

'누구에게나 귀염을 받을 수 있는 사람, 되따*에 갖다 놔도 사귀고 살 수 있는 사람은 결국 맘이 착한 사람이 아닐까?'

싶어져서, 어쩐지 외로운 정이 들었다.

×

두 색시가 들어서려니,

"야, 이 신부는 본대 이리 비싸나? 자넨 또 언제

* 오랑캐 땅.

왔는가?"

하고, 형예에게도 인사를 할 내, 모두 왁작거린다.

"신부는 신랑 옆으로 가고, 자넨 이리 오게."

그중 나이 지긋한 정희 종숙모가 농을 섞어가며 자리를 치워준다.

"신부는 신랑 옆으로 가라니께, 온 신식 신부도 부끄럼을 타나?"

이래서 방 안은 한바탕 짜글했고, 형예는 도무지 태도가 얼울해서* 난감했다. 함부로 웃고 떠들 수는 세상엔 없고, 그렇다고 가만히 있으려니 뭘 대단히 뽑스리기나** 하는 것처럼 주목이 오잖을까 조바심이 난다. 하지만 사실은 이것보다도, 정희와 나란히 앉은 때문인지, 신랑이 자꾸만 보는 것 같아서 영 곤란했다.

이어 방 안엔, 한참 공론이 분분하다.

"뭘 해서라두 오늘 밤엔 좀 단단히 턱을 받어야만 할 겐데 화투를 하자니 사람이 많고, 우리 윷으

* 마음이 불안하고 조마조마해서.
** 거만을 떨거나.

로 나서볼까?"

"장가청에 웬 윷은."

"아, 워낙 신식이거든."

정희 종숙모가 사람 좋게 익살을 부려서 형예도
웃었다.

"어쩔꼬? 신랑 편 신부 편, 갈라서 판을 짤까?"

"그러다가 신부가 지면 어쩔라고?"

"그게사, 절 양식 중 양식이라고, 아무가 진들 누
가 아리, 우리는 그만 한턱만 받으면 되는 판 아닐
까서."

이래서, 방 안은 또 끓어올랐고, 윷판은 벌어진
셈이다.

"윷이야!"

하고, 손뼉을 치기도 하고,

"모야! 모면 모개에 있는 놈 개로 잡고 방으로
들거라!"

이 모양으로, 웬일인지 점점 신부 편이 우세를
취해가는데, 형예는 다행히 신부 편이어서, 줌이
사뭇 버는* 윷가락을 잡을 차례가 또 왔다.

* 한 줌으로 쥐기에 매우 버거운.

"자, 요번에 자넨 뭐보다도, 윷이나 도로 해서 윷
길에 있는 두 동백이 놈을 먼저 잡고 가야 하네."

형예는 어쩐지 진작부터 가슴이 두근거리고 팔
이 후들후들해서, 그냥 아무렇게나 던진다고 던진
것이 하필 걸로 나, 이미 걸 길에 가 있는 신부 편
말을 쓴다면, 뒷길로 도에 가 있는 신랑 편 말이 죽
는 판이고, 그 도에 가 있는 말은 또 공교롭게도 고
대 막 신랑이 보내놓은 말이다. 별안간 와 소리를
치는 손뼉이 일어났다.

여지껏 별로 흥겨워하는 것 같지도 않고, 군이
승부를 다투려고도 않던 신랑이, 판국이 이리되고
부터는 약간 성벽을 부려보려는 자세였으나, 결국
윷 길에 가 있는 신부 편 말을 놓치고 승부는 끝이
났다.

손뼉을 치랴 신랑을 놀리랴 방 안은 한참 부풀
었다.

"초장부터 졌으니 누가 쑥인고?"

"아이갸, 곧은 눈썹 잡고는 말도 못 한다지?"

이렇게 웃고 떠드는 통에 요리상이 들어오고 신
랑의 노래를 청하고, 한참 신이 난다.

형예는 더운 체하고 정희와 훨씬 떨어져 문 옆

으로 와 앉았다. 그랬는데도, 노래는 여자가 하는
법이라고, 겨냥을 정희에게로 돌리려는 신랑의 눈
과 그는 또 한 번 마주쳤다.

그렇지 않아도 속으로,

'정희가 내 말을…… 혹시 여학교 때 이야기라
도, 귀찮은 말이나 하지 않았나?'

하는, 객쩍은 생각 때문에 괜히 초초한 데다가,
덮쳐서

"잠깐 봐두 노래 잘할 분이 퍽 많은 것 같은데,
첨 온 사람 대접할 겸 좀 듣게 하십시오."

하고 신랑이 말을 해서, 그는 더욱 당황한다. 그
랬는데 다행으로 신랑의 말이 떨어지자

"저 신랑, 그라나믄 한양 낭군 아닐진가, 왜 저리
도 약을꼬."

하고, 벅적거리는 통에 형예는 겨우 곤경을 면
했다.

대체로 신랑이 그리 재미있게 굴지 않는 폭인
데, 정희도 그저 허투로 노는 판이라, 처음부터 뭐
가 그리 자잘치게 재미로울 게 없는 상 보른데도,
사람들은 그저 신랑이고 신부란 생각 때문인지 무
척이나 유쾌한 모양이다.

사람들은 꼭 신랑의 노래를 들어야만 하겠는지, 장가온 신랑은 본시 닭도 되고 개도 되는 법이니 못하면 닭의 소리도 좋고 개 소리도 좋다고 떠들어댄다.

그러나 이 통에도 셈 센 아지머니라고 정희 숙모가,

"아이구, 노래는 무슨 노래. 신랑 눈치 보니께 저녁내 실갱이해도 노래할 것 같잖구만. 그만해도 많이 놀았을 바야 백주에✳ 장성한 신랑 신부한테 궁뎅이 무겁다는 욕먹지 말고 어서 먹고 일찌감치 들 가세, 가."

하고, 익살을 부려서 사람들은 또 한판 웃었다.

×

헤져 가는 사람들 틈에 껴서 형에도 가려고 하는 것을 정희가 굳이 잡았다.

"오늘 밤엔 선생으로 모실 테니 더 좀 놀다 가라 애."

✳   드러내놓고 터무니없게 억지로.

41

하고, 어리광을 피고 졸라서

"그래 자별하니* 선생 노릇 좀 하고 놀다 가게, 그래."

하고, 정희 어머니도 정희 편을 들고 모두들 웃는 통에 형예는 어쩐지 몹시 무안을 타서

"얘가, 괜히 자랑을 못다 해서 이러는 것이래요."

하고, 말하려던 것도 그만 못 하고, 그냥 끌려서 정희 방으로 들어오고 말았다.

"아인 첨 봤어, 이따가 어떻게 혼자 가니?"

"아이 무서워 쌀쌀둥이, 이쁜 눈 가지구 눈깔이 그게 뭐냐 글쎄, 누가 너더러 혼자 가래? 이따가 내 어련히 데려다줄라구."

"싫다, 얘."

"싫건 그만두렴."

이렇게 정희가 싱글싱글 껑충대서 결국 둘이는 웃고 만 셈이다.

주위가 차차 조용해가자 정희는 또 이야길 꺼내 놓는다.

* 본디부터 남다르고 특별하니.

"얘 넌 이기는 게 좋으냐, 지는 게 좋으냐?"

다리를 쭉 뻗고 마주 앉아선, 발끝을 요롱요롱하고*, 정희가 묻는 말이다.

"건 또 무슨 소리야?"

"아니, 넌 신랑한테 이기냐, 지냐, 말이다."

형예는, 정희의 언제나 버릇으로, 앞도 뒤도 없이 톡 잘라 내놓는 말이라든가, 어린애 같은 표정이 우습다기보다도 어쩐지,

'결국 끝에 가선 저이 신랑 얘기를 할 게다!'

하는 생각이 들자, 이번엔 방정맞으리만치 폭 솟구려는 웃음을 참아야 할 판이다. 이래서, 형예는 간신히 짓는다는 게 너무 지나치게 점잖을 정도로,

"그래, 난 잘 모르니 너부터 말해보렴."

하고, 정희를 본다.

"깍정이 같으니, 그래 난 지는 게 좋다. 일부러래두 지려구 해, 어떠냐?"

"그럼 되우**는 좋아하는 게지."

* 건들거리고.
** 아주 몹시.

"그래 좋아하기두 해, 하지만 것보다도 이기고 보면 영 쓸쓸할 것 같구 허전할 것 같아서 그런다, 너."

정희는 눈썹을 째긋이 하고 아주 진실하다.

"그럼 행복이란 널 위해서 준비됐게?"

"아인 남의 말을."

하고 정희는 때리려는 시늉을 한다.

"아니고 뭐냐, 좋아해서 지고 싶고, 지면 만족하고, 설사 그곳에 어떤 희생이 있대도 즐겨 희생하는 곳엔 고통이 없는 법 아냐?"

"너 왜 이렇게 막 뻐기니, 무섭다 얘 관두자."

이번엔 정희가 얻어맞을 뻔한다.

형예는 뻐기는 것까지는 좀 거짓말일지 모르나, 아무튼 너무 정색한 것을 깨닫자,

"그럼 너만 뻐기련?"

하고 어름어름 웃으면서도 어쩐지 부끄럽다.

정희는 아닌 게 아니라 제가 지는 것으로 해서 조금도 자존심이 상할 리 없다는 설명과 지고도 만족하다면 그 사람은 행복할지 모른다는 것을 말하면서, '그이'를 오라고 해서 같이 이야기하고 놀았으면 좋겠다고 한다.

형예는 웬일인지, 거의 폭발적으로 콱 터져 나오는 웃음을 참을 수가 없다.

"나 온 그렇대두, 글쎄 누가 너희 신랑을 못 봤다구 이렇게 야단이냐 말이다."

형예는,

"이른 심보하고는, 전 소라통*이야 왜?"

하고, 토라지려는 정희 말을 듣는 둥 마는 둥

"소라통이 아니면 뭐냐 그럼."

하고는 그저 웃었다.

조금 후에 형예는, 전과 달리 별 대꾸도 없이 그저 시무룩해 있는 정희를 발견하자, 흠칫,

'너무 심히 굴지 않았나?'

하는 후회가 난다.

제가 슬플 때라든가 기쁠 땐, 꼭 어린애처럼 순진해지는 정희인 것을 누구보다도 잘 아는 형예로서는, 정희가 하는 노릇을 단지 자랑으로만 볼 수는 없다.

형예는 속으로,

'제가 좋아하는 내가, 제가 좋아하는 그이와 친

* 소라고둥.

45

했으면······ 제가 좋아하듯 서로 좋아했으면······
하는, 이를테면 정희다운 맘씨가 아닐까?'

싶어서 더욱 짓궂게 군 것이 미안해진다.

"너 노했니?"

"······"

"못났다 애, 어쩜 그렇게 생판이냐?"

"뭐가 생판이야?"

"어린애란 말이다."

"어린애래두 좋아."

한순간 둘이는 이상하게 부끄러운 어색한 분위
기에 싸였으나, 그러나 인차 정희는 훨씬 명랑해
져서,

"이따금 난 네가 몰라져서 쓸쓸탄다."

하며 트집까지 부린다.

전에도 이런 경우엔 맡아놓고 정희가 해결을 지
워줬지만, 형에는 진정 마음으로 이날처럼 고마운
적은 별로 없다. 그리고 또 이날처럼 그걸 모른 척
해본 적도 없다.

"모르긴 뭘 몰라?"

하고, 형에는 되도록 남의 말처럼 무심하려는
데,

"그럼 데려오랴?"

하고 낙구쳐서, 그는

"너두, 참."

하고 당황한 웃음을 웃지 않을 수 없었다.

×

자정이 훨씬 넘어서야 형예는 정희 집을 나섰
다. 혼자 가도 괜찮다고 사양을 했지만, 결국 세 사
람은 가까운 길을 버리고 해안통을 나란히 걸었
다.

중앙 잔교를 지나서 뗏목으로 만든 긴 나룻가엘
나서려니 조그막식한 산들이 병풍처럼 둘러 있어,
언제 보아도 호수 같은 바다가 안전에서 찰삭거린
다.

"왜 안개가 끼려구 할까?"

뽀얀 안개가 산에고 바다에고 김처럼 슬어 있어
조금도 가을 같지가 않다.

"왜 안개가 낄까?"

이번엔 신랑이 묻는다.

"혹 비가 오려면 안개가 낀다지만……"

정희는 말끝을 맺지 않고 하늘을 본다.

신랑도 따라, 그저 은하수를 헬 것만 같은 하늘을 쳐다봤다. 아지랑이가 꼈든 안개가 꼈든, 유리알처럼 영롱한 하늘이 사뭇 높아서 하늘은 아무리 봐도 가을 하늘이다. 그러나 그게 조금도 북방 하늘처럼 쇄락한 감을 주지 않는 것이 더욱 연연한 정을 주지 않는가? 음산한 가을비가 오다니, 모를 말이다.

정희는 이제 여름밤을 보라고, 연성 자랑이다. 정희 말을 들으면 비가 오려고 하는 전날 밤과 비가 갠 날 밤이 여름밤치고도 제일 곱다는 것이다.

"그렇게 하늘만 고운가?"

고, 신랑이 웃음엣말로 정희 말을 받으며 힐긋 형예를 봤다.

형예는 잠자코 있기가 어쩐지 거북해서

"첨이세요?"

하고, 그저 얼핏 나오는 말을 한 것이지만, 제가 생각해봐도 대체 뭐가 처음이냐는 것인지 모를 말이라, 더욱 어색했다.

정희는 신랑이 이제 처음 와본다는 것과, 대단히 좋은 곳이라고 형예 말에 인사를 하자, 더 신이 나서, 섬으로 낚시질을 가 조개를 캐고 소라를 따는 이야기, 섬의 밤은 무척 꺼멓고 이심이*가 산다는 바윗돌이 무섭다는 이야기를 했다. 또 신랑이 짐짓

"바닷가 색시들은 사나울 게라."

하고 말을 해서 형에도 웃었다.

"왜 바다가 얼마나 좋은데 그래. 우린 되우 슬프거나 외로울 땐 갑자기 바다가 그리워지고, 풍랑이 몹시 이는 바다에 가서 죽고 싶대요."

"건 또 웬일일까, 물귀신의 넋일까?"

하고, 신랑이 웃고 정희 말을 받으며

"이러다간 내일 도망하게 되리다."

해서, 색시들은 자지러지게 웃었다.

정희는 신랑이, 그 큰 소리로 웃지들이나 좀 말라고 하는 것이 더 우습고 재미있다는 듯이 남해서 배를 타고 여수로 가려면 바다에 나간 남편을 기다리다 죽은 원귀가 있는 섬이 있는데, 혹 비가 오려는 날 어선이 그곳을 지나노라면, 아주 구슬픈 울음소리가 들린다는 이야기, 또 옛날에 어떤

* '이무기'의 방언.

총각이 돌치라는 아주 조그만 섬에 가서 고기를 낚고 살았는데, 하루는 달밤에 고기를 낚노라니 아주 먹음어 빼친 듯한 처녀가 홀연히 나타나서 밤마다 놀다가는 꼭 새벽이면 눈물을 흘리고 물속으로 들어갔단 이야길 장난꾼처럼 재잘대며,

"알고 보니 그게 바로 인어였대요."

하고 사부랑거린다.*

"정말 인어라는 게 있을까?"

형예는 싫도록 들어온 이야기지만 어째 이상한 생각이 수긋이** 들어서 정희 보고 말한 것인데

"그럼 있지 않구요."

하고 신랑이 말을 받았다.

"내 보기엔 당신네들부터 수상한 것 같수다."

하는 것처럼 색시들의 얼굴을 보며 웃는 것이다.

형예는 전에 없이 아름답고 즐거운 밤인 것을 확실히 느낄수록 어쩐지, 점점 물새처럼 외로워졌다. 저와 상관되고 가까운 모든 사람이 한낱 이방

---

* 주책없이 쓸데없는 말을 자꾸 지껄이다.
** 온화하고 조용히.

인처럼 느껴지는 순간, 그는 저와 가장 멀리 있고,
일찍이 한 번도 사랑해본 기억이 없는 허다한 사
람을 따르려고 했다.

형예는 머리를 숙인 채,

"몇 시나 됐을까?"

하고 말을 건넨다.

"글쎄."

조금 후 일어나는 색시들을 따라, 신랑도 일어
서면서 왜들 물속으로 들어가지 않느냐고 해서,
셋이는 모두 웃었다.

세 사람이 새로 된 매축지를 거진 다 돌아나려
고 했을 때 어디서 길다란 기적이 아슴푸레 들려
왔다.

"정말 날씨가 궂으려나 보지?"

정희가 혼잣말처럼 사분거린다.

"무슨 증조로 자꾸 비가 온다는 거요?"

하고, 신랑이 물어서, 이제 막 들리는 기적 소리
가 바로 날이 궂으려고 할 때 들린다는 것과, 그게
바로 낙동강을 지나는 열차의 신호라고, 정희가
설명을 한다.

형예는, 이 야심하면 흔히 들을 수 있는 기적 소

리가, 이제 웬일로 칼날보다도 더 날카롭게 별똥
보다도 더 빠르게 가슴에 오는 것인지, 별 까닭도
없고 어디에 논지할 곳도 없어 더 크고 깊은 억울
함에, 그냥 목 놓아 통곡하고 싶은 감정을 자긋이
깨물며, 머리를 숙인 채 잠자코 걸었다.

　세 사람이 거진 형예 집 앞까지 왔을 때,

　"미안합니다. 괜히 이렇게……"

　하고, 형예가 그 뒷말을 몰라 하는 것을

　"또 뵙겠습니다."

　하고 신랑이 얼른 말을 받아주었다.

×

　형예는 꼭 지친 대문을 열고 들어서선, 빗장을
꽂고 다시 고리를 걸었다.

　남편은 벌써 돌아와서 잠이 들었던 모양으로,

　"새도록 무슨 마을인가?"

　고, 제법 농을 섞은 꾸지람을 했다.

　형예가 자리에 누울 제쯤 해서, 남편은 담배에
불을 댕구며,

　"뭘 하는 사람이래?"

하고 말을 건넨다.

"그냥 공부하는 사람이래요."

하고, 형예가 말을 받으니까, 남편은 짐짓 좀 피식이,

"아 여태 학굘 다녀?"

하고 묻는다.

"꼭 학굘 다녀야만 공불 하나?"

좀 생파르게 대답하는 아내의 말이 있은 지 얼마 있다가, 남편은 일부러 푸, 푸, 소리를 내고 연기를 뿜으며, 혼잣말처럼,

"공불 하는 사람이다? 좋은 팔자로군."

하고 흥청거린다.

형예는 남편의 이러한 태도가, 어쩐지 마땅찮았다.

자기도 역시 그 나이 또랜데도 무슨 자기보다는 훨씬 어린 사람의 이야기나 하듯 오만한 그 표정이 어쩐지 비위에 거슬린다. 그래서 짐짓

"건데 여간 침착한 사람이 아니야요."

하고 말을 해봤다. 그랬더니 남편은 역시 무표정한 얼굴로

"응, 얼굴도 잘나구."

하며 맞장구를 치는 것이다.

이때 형예에겐 쏜살같이

'내 마음을, 내가 뭘 생각하고 있는지를 그는 자기대로 짐작한 게다, 그래서 이것이 그 노염의 표정인 게다!'

이렇게 생각이 들자 또 뒤미처서

'이런 때 남편의 표정이 이래야만 하는 것일까?'

하고 생각이 든다. 형예는 알 수가 없었다. 웬일인지 분하다.

"왜 동무 남편임 좋건 좋다고 하는 게, 뭐가 어떻고, 왜 나쁘담?"

하고, 형예는 그만 미리 덜미를 잡으려는 시늉이다. 그런데, 웬일인지 이렇게 말을 시작하고 보니, 뭘 한번 억척같이 버티어보고 싶은 애매한 충동이 느껴졌다. 그래서

"말해봐요. 내일 광골 써 붙이든지 세상 밖으로 쫓아내든지, 한번 맘대로 해보세요. 하지만 난 당신처럼 거짓말은 헐 줄 몰라요……"

하고 허벅지벅, 저도 알 수 없는 말을 한다.

사실 형예는, 한번 불이 번쩍하도록 맞닿고 싶었다.

그러면은 차라리 뭔지 후련할 것 같았다. 그러
나 남편은 형예가 하는 말을 어떻게 들었는지

"내가 뭐랬다구……"

하며, 거의 당황해서 일어앉는다.

"당신은 번듯하면 날 잡구 힐난하려 들지만, 온
허 거참, 그래 내가 어쨌단 말이오. 왜 남이라구 좋
단 말 못 하란 법 있나? 그리고 또 당신이 뭘 그리
좋단 말을 했기에, 내가 어쩐다고 이러우? 자, 그러
지 말래두 그래, 괜히 평지에 불을 일궈 티격태격하
면, 그 모양이 뭐 되우, 그저 당신은 아무것두 아닌
것 가지고 이러지 말우. 에, 내 암말두 않으리다."

하고, 괜히 쉬, 쉬, 한다.

형예는 자리에 누워서도

"아무것두 아닌 것 가지고…… 내 암말도 않으리
다."

하고 남편이 하던 말을 되풀이해본다. 암만 생
각해도 이게 아닌 상싶다. 맞장구를 치는 것도 이
게 아니고, 당황해하는 것도 이거여서는 못쓴다.
아무튼 도통 이런 게 아닌 것만 같다.

얼마 후 형예는

'내가 아주 괴상한 짓을 할 때도 그는 역시 모양

이 뭐 되우, 내 암말두 않으리다, 할 건가?'

싶어진다. 이렇게 생각고 보니 어쩐지 정말 꼭 그러할 것 만 같다. 동시에

'이렇게 욕주고 사람을 천대할 법이 있느냐?'

는, 외침이 전광처럼 지나간다. 순간, 관대하고 인망이 높고 심지가 깊은 '훌륭한 남편'이 더할 수 없이 우열한 남편으로 한낱 비굴한 정신과 그 방법을 가진 무서운 사람으로 형예 앞에 나타났다. 점점 이것은 과장되어 나중엔

'그가 반드시 나를 해치리라.'

는 데서 그는 오래도록 노여웠다.

웬일로 밤이 점점 기울수록 억머구리 떼처럼 버러지들이 죽게 우르댄다.

'저 길다랗게 끼룩끼룩 하는 것은 지렁일 테고, 낏득낏득 하는 것은 귀뚜라밀 테지만, 저 쏴르르 쏴르르 하고 쪽쪽쪽 하는 벌레는 대체 어떤 형상을 한 무슨 벌레일까? 왜 저렇게 몹시 울까?'

싶다. 갑작이 밀물처럼 고독이 온다. 드디어 형예는 완전히 혼자인 것을 깨닫는다.

《문장》, 1940. 12.

소설

*

체향초 滯鄕抄

　삼희가 친가엘 갈 때면 심지어 이웃 사람들까지 더할 수 없이 반가이 맞아주었다. 물론 여기엔, 아직 어머니갸 살아 계시는 외딸이란 것도 있을지 모르고, 또 그의 시집이 그리 초라하지 않다는 이유도 있겠지만, 아무튼 이러한 대우가, 그의 모든 어렸을 적 기억과 더불어, 고향에 대한 다사로움을 언제까지나 그에게서 가시지 않게 하는 것인지도 몰랐다.

　그랬는데, 이번엔 어머니를 비롯해서, 어린 조카들까지,

　"아지머니."

　하고는 그냥 말이 없을 정도다.

　이럴 때마다, 삼희는 거의 무의식적으로 그 홀쭉해진 뺨에나 턱에 손을 가져가지 않으면, 빠지

지 하고 진땀이 솟는 이마를 쓰다듬고 애매한 웃음을 지어보거나, 또 공연히 무색해하는 것이 버릇처럼 되었다.

이래서 그가 친가로 온 후 수일 동안은 그를 너무 앓는 사람으로 극진히 해주는 고마운 마음들이, 되려 그를 중병자로 만든 셈이다.

"이게 웬일이냐 글쎄."

하고는 미기* 울음을 참는 시늉으로 손을 잡는 숙모들이라든가,

"어, 그 젊은 애들이 무슨 병이람."

하고, 연상 한약을 권하는 숙부들이라든가, 이밖에 연일 문병차로 드나드는 친척 지지들, 또 조석으로 곁에 와서 울멍울멍 간호하려 드는 어머니의 얼굴, 이러한 것에 삼희는 거반 지친 바 되어, 사흘째 되던 날 아침, 끝내 산호리로 옮기게 했던 것이다.

어머니께는 결코 이처럼 중병이 아니라는 것, 너무 앓는 사람 대접 하는 것이 되려 나쁘다는 것, 산호리는 조용해서 거처하기 가장 적당하다는, 이

---

* 동안이 얼마 오래지 아니함.

러한 것을 말씀드린 후, 곧 산호리 오라버니에게
의논하려 했던 것인데, 오라버니께서는 삼희가 말
하기 전, 먼저 자기가 권하려 했다고 하면서, 대단
히 기뻐하였다.

산호리에 있는 오라버니는 삼희가 어렸을 적 유
난히 따르던 오라버니일 뿐 아니라, 형제들 중 제
일 몸이 약한 분인 데다가 한때 불행한 일로 해서,
등을 상우고, 그래서 지금은 이렇게 시가지와 떨
어진 산 밑에서 나무와 김생*들을 기르고 날을 보
내는 셈이다. 이러고 보니 어쩐지 이 오라버니에
게 대해서는 상구도** 그의 감상벽感傷癖이 가시
지를 않고, 그 어디엔지 차고 잠잠한 것 같은 생활
표정이 이상하게 그의 마음에 언짢음을 가져다줄
뿐 아니라, 그 언짢은 마음은 또 어렸을 적 그가 따
르던 것과는 달리, 별다른 의미의 관심을 가지게
해서, 이래서 이제는 그의 다정한 고향 바다와, 산
과 들을 생각할 때마다, 먼저 나무와 꽃이 우거지
고, 양과 돼지와 닭들이 살고 있는 양지바른 산호

* '짐승'의 방언.
** 아직도.

61

리, 그 축사와 같은 작은 집에 살고 있는 얼굴 흰 오라버니를 잊을 수는 없게 되었다.

아무튼 그의 마음이 이러했기에 그랬던지, 그가 이리로 옮겨 왔을 때 오라버니뿐 아니라, 올케까지도 그를 즐겁게 할 것이면 무엇이든지 하려고 하였다. 가던 날로 도배를 말짱히 했고, 뜰에 놓인 나무토막이라든가, 철사 나부랭이도 죄다 치우게 하고, 또 삼희를 위해서 광선의 드나듦이 가장 알맞고 바다가 잘 보이고 하는 이러한 좋은 조건을 가진 방을 그에게 주었었다.

처음 이 방에서 삼희는 정말 즐거웠다. 어쩌면 오월이 이처럼 오월다울 수가 있고, 어쩌면 구름이 이처럼 한가할 수가 있단 말인가?

그런데 하나 이상한 것은, 이리로 온 후 날이 갈수록 그는 웬일인지, 점점 오라버니의 마음이 알 수 없어졌다. 전에 그렇게 상냥하던 오라버니가, 어쩐 일로 몹시 까다롭고 서먹서먹해갔다.

생각하면 두 남매는 퍽 어렸을 때 나뉜 셈이다. 그때 오라버니가 스물넷 나던 해였으니까, 삼희가 사뭇 소녀 시절이다.

그 후 오라버니가 없는 동안 삼희는 자라서 시

집을 온 폭이고, 오라버니가 다시 돌아왔을 때 그는 애기를 가진 셈이다. 물론 그동안 친가에를 온 적이 한두 번이 아니지만 유코 아버지 제사 때라든가, 동생이 장가갈 때라든가, 하는 이러한 때 왔었기 때문에, 말하자면 그동안 수년을 격한 세월을 서로 말하고 알려줄 기회는 없었던 것이다. 그래서, 보지 못한 그동안의 오라버니와 누이가 서로 알려지는 형태가 이러한 것인지도, 특히 두 사람에게 있어서는 이렇게 까다롭게 나타나는 것인지도 모르나, 아무튼 삼희로 앉아 생각하면 몹시 유감되고 섭섭할 일이었다. 오라버니는 지금도 어렸을 때 오라버니여서 좋았기 때문이다. 그래서 이따금 역부러 가벼운 마음을 가지고, 오라버니에게 말을 건네볼 때도 있었지만 암만해도 전날 오라버니 같지는 않았다.

어느 날 오후였다.

삼희는 뒤꼍 층층대를 올라, 축사에를 들러서, 멋모르고 돼지 물 주는 바가지를 들었다가, 별안간 꽥꽥 소리를 치고 덤비려는 돼지들에게 혼을 떼우고 쫓겨 내려오니까 오라버니가 온실 옆에서

배춧잎* 같은 선인장을 모래판에다 심고 있다가,

"너 돼지한테 혼난 게로구나."

하고, 여전 모래판을 본 채 말을 했다.

삼희는 겁을 먹은 그대로

"오라버니 그 왜 그래요? 왜 돼지가 나보구 야단 이래요?"

하고 물었다.

그랬더니

"돼진 본대 하이칼라를 보면 그렇게 덤비는 거 란다."

하고는 역시 모래판을 본 채 말을 했다.

마침 그 옆 샘가에서 물을 길고 있던 올케가 듣다가 웃으면서, 돼지는 사람이 옆에 가면 먹을 것을 달라고 그렇게 야단이란 것과,

"그 바가지를 건드렸다니 여북했을라구."

하는 것을 듣고,

"응, 그래?"

하고 일방 신기해하면서도, 삼희는 어쩐지 조금 전 저를 하이칼라라고 하던 말이 께름칙하니 불쾌

* 배춧잎.

한 감정을 일으켰다.

그는 오라버니 바로 옆, 온실 유리창에 기대어 선 채, 제법 눈을 간조로니* 하고는, 무수한 상록 수와 백일홍과, 또 그 위를 날아다니는 새들과, 바 다와 산과 들을 바라보면서,

"오라버니 자랑스러워하네."

하고 말을 해봤다.

"뭘루?"

"이렇게 사는 걸루요."

"그런 걸까?"

"내 보니게 그렇데요. 괜히 남이 해도 될 걸 손수 하고, 할 땐 지나치게 열중해 뵈구……"

"그게 자랑이란 말이지?"

"그러믄요."

오라버니는 모래판으로부터 손을 떼고 삼희를 보았다.

삼희는 전부터 곧잘 말을 하다가도 남이 저를 바라보면은 괜히 귀가 먹먹한 것이, 무슨 말을 하는 것인지 죄다 잊어버리기가 십상이었다. 이래서 그

---

   * 가지런히.

는 모르는 결에 얼굴을 돌리고 머뭇거렸으나, 그러
나 또 한편 속으로, 이제는 나도 나이를 먹을 만치
먹은 어른이라는 생각이 용기를 주기도 해서,

"자기가 하는 일에 열중한다는 것은, 남의 간섭이
나 침범을 거절하는 것이고, 또 이것이 생활태도라
면, 거기엔 반드시 어떤 긍지가 있을 것 같애서요."

하고는 그는 무슨 연설이나 하듯 딱딱한 태도로
된 둥 만 둥 말을 했다.

그랬더니, 오라버니는 웬일인지 제법 소리를 내
고 웃었다.

이래서 삼희는, 제가 한 말이 오라버니의 웃음
거리가 되었다는 불쾌감보다도, 오히려 제가 한
말이, 오라버니가 평소에 자긍하던 그 무엇의 급
소를 찌른 것이라고, 즉 방금 오라버니가 웃은 것
은 말하자면 뭐라고 할 말이 없어 웃은 것이라고,
이렇게 생각이 들고 보니, 오라버니가 웃은 것이
라든지, 또 저를 보고 하이칼라라고 하던 그 태도
라든지가 새삼스럽게 비위를 상해주었다.

그래서

"그건 일종의 '태'라는 거에요. 오라버니든 누구
든, 아무리 훌륭한 분이래도 그 생활에서 태를 부리

기 시작하면, 보는 사람이 얼굴을 찡기는 법예요."

하고는·발칵했다.

"그래 네가 말하는 그런 태라는 게 나도 싫어서
이렇게 일을 하는데도, 말썽이니 그럼 어떡해야
헌담……"

오라버니는 혼잣말처럼 중얼거리며 여전 일을
계속했다.

"그것도 별게 아니거든요. 불쾌하다니께요."

하고, 삼희도 여전히 대거리를 했다. 그랬더니,
이번엔 사뭇 후둑해서 한참 누이를 보고 있었다.
그러더니, 거반 싱거우리만치 쉽사리

"그래 맞았다, 네 말이."

하고, 말하는 것이었다.

삼희는 제가 꺼낸 말이면서도, 오라버니가 정말
불쾌한 생활을 한다고는 어느 모로 보든지, 우선
제 마음이 허락하기 어려운 일이었다.

그래서

"왜요?"

하고는, 아니라는 말이 나오기를 바라는 것처
럼, 오라버니를 보았다. 그러나 오라버니는 다시
모래판으로 손을 가져가며,

"나는 네가 보는 것처럼 내 생활에 자랑을 느낄 수도 없고, 또 태일 군처럼 내 생활을 완전히 무시할 수도 없기 때문이다."

물론 삼희는 지금 오라버니가 말하는 태일 군이 누구인지, 왜 이 사람이 오라버니 생활을 무시하는 것인지 알 수가 없었다.

이것을 오라버니도 알았던지

"태일 군? 내가 요즘 아는 사람 중에선 제일 똑똑한 친구지."

하고, 혼잣말처럼 말을 했다.

삼희가 처음 말을 시작하기는, 오라버니의 이러한 생활태도에 오히려 존경이 가는 것을 전제로 한 후, 이를테면 저를 하이칼라라고 한, 오라버니에게 저도 한번 성미를 부려보자는 심산에 불쾌했던 것이다. 그러나 의외에도 오라버니의 말이 그에게 뜻하지 않은 쓸쓸한 정을 가져다주어서 한동안 말을 잃고 그대로 서 있으려니까,

"태일 군 같은 사람은 너하곤 다르지만, 아무튼 나를 거짓으로 산다고 한다. 하지만 내가 큰집 사랑에서 단지 나 혼자 누워만 있던 때와는 달라서, 이리로 와서부터는 첫째 나와 상관되는, 내가 간

섭하지 않으면 안 될 내 소유물, 즉 내게 따른 것들이 있으니, 내게도 생활이라는 게 있을 것 아닌가? 그래서 이 나의 '살림'의 모습이 이제 네게 '태'라는 것으로 느껴진 모양인데, 이러한 '태' 즉 '자세'라는 것이 보는 사람에게 불쾌를 줄 정도라면, 아무튼 나로서는 네가 말하는 그대로를 듣고 있을 수밖에 어디 다른 도리가 있니?"

오라버니는 이것도 저것도 아닌, 무심한 얼굴로 삼회를 보았다.

그러고는 다시

"내가 태일 군 말을 옳게 여기는 것은 첫째, 내게 아이가 없고, 또 흠에 소문이 없고, 인간이 있지를 않으니까, 말하자면 이건 생활이라기보다도, 단지 내가 살아 있다는 것뿐이겠는데 본시 이러한 곳엔 아까 네가 말한 그런 '자랑'이란 건 있지 않을 게고, 또 자랑이 없는 사람이란, 흔히 마음이 헛불* 수도 있어서, 가령 뭘 헛부게 생각하면서도, 죽지 못해 않는 격으로 그런 '태'를 부리고 산다는 건 그리 유쾌한 일이 못 될 거니까, 결국 네가 한 말이

* 헛될.

꼭 맞았지 뭐냐."

하고 말을 마친 후 오라버니는 모래판을 들고 일어섰다.

온실 안으로 들어가려는 오라버니를 발견하자, 삼희는 당황히

"애기를 가지면은요?"

하고 말을 건넸다.

"거기엔, 사람에 의한 사람의 생활이 하나 시작될 수 있기 때문에…… 사람에겐 그러한 길도 있을 테니 말이다."

오라버니는 곧 온실 안으로 들어갔다.

그 후 사오 일 동안 삼희는 오라버니와 이야기할 기회를 갖지 못하였다.

삼희가 식후, 모종밭에 서 있을 때라든가, 또 종일 방에서 누워 있을 때라든가, 이러한 때에 오라버니가 삼희의 거취를 모를 리 없을 것인데도, 오라버니는 대체로 무심하였다.

기껏해서

"열이 있니?"

라든가,

"거기서 뭘 허니?"

가, 고작이었다.

물론 삼희도 이러한 물음으로 해서 쉬 이야기가
이루어질 수 없으리만치, 차차 오라버니에게 무심
하려 하였지만, 그러나 마음속으로는 오라버니의
일거일동을 놓치지 않고 바라보았다기보다도, 점
점 이상한 흥미를 가지게끔 되었다.

볼라치면 오라버니는 종일 일을 하는 때도 있었
다. 진흙이 말라서 다시 먼지가 되어, 누른 빛깔을
한층 더 짙게 한, 염천炎天에서는 보기만 하여도 숨
이 막힐 것 같은, 노동복을 입고는, 김매고, 모종하
고, 또 식목을 분으로 옮기고, 순 자르고, 돼지 물,
닭의 모이까지 챙긴 후, 물통을 들고 온실 식물에
물을 줄 때면은, 거반 하루해가 다 가는 때이다.

이렇게 일을 몹시 하는 날이면 오라버니는 더욱
말이 적었다.

쉴 새 없이 손등으로 떨어지는 땀을 수건으로
한번 씻는 법도 없고, 애를 써 그늘을 찾으려고도
않았다. 또 이러한 때는, 삼희가 일찍이 보지 못했
던 이마 복판에 일자로 내리뻗은 어데난* 혈맥이

* 난데없는.

서 있어, 이것이 무서운 인내냐, 아집을 말할 때처럼 일종 이상하게 섬직한 인상까지 주었다.

삼희가 이상한 적의를 느끼고 제 방으로 돌아올 때가 흔히 이러한 때이기도 하지만, 아무튼 이러한 때의 오라버니는 어딘지 횡포한 데가 있었다. 이상한 자기주장이 반드시 남을 해치거나 남을 간섭하는 것이었다.

어느 날 삼희는 흔히 하는 버릇으로 저녁을 마치자, 곧 모기를 내쫓고는 얼른 철망을 친 창문을 닫았다. 그러고는 팔을 벤 채 그냥 누워 있었다.

그랬는데,

"뭘 허니?"

하고, 의외에 오라버니가 문을 열었다. 삼희는 이날 낮부터 또 하나 이상한 감정을 오라버니에게 가지고 있었을 뿐 아니라, 전에라도 이렇게 자리에 든 후 오라버니가 온 적은 통이 없었기에, 그는 좀 당황해서 일어났다.

삼희가 일어나는 것을 보자, 오라버니는

"누웠었구나."

하고는 별로 말도 없이, 그냥 가버렸다.

인해 오라버니 방에서는 낯선 음성의 이야기 소
리도 들려오고, 오라버니의 낮은 웃음소리도 들려
오고 하였다.

삼희는 다시 자리에 누우며

'손님이 온 모양인데…… 무슨 일로 왔을까?'

하고, 생각해보면서도, 한편 머릿속에는 문득
낮의 일이 떠올랐다.

이날도 오라버니는 종일 일을 하였다. 일이 거
반 끝날 무렵, 오라버니는 사무실 옆에 의자를 놓
고 앉아서 담배를 피우고 있었다. 몹시 파란 얼굴
을 하고는, 전신에 맥이 확 풀렸을 때처럼, 아무 표
정 없는 얼굴인데, 일찍이 삼희가 잘 보지 못하던
얼굴의 하나였다.

이때 웬 청년 둘이, 젊은 여자들을 데리고, 맞은
편 백일홍나무께서, 머뭇머뭇하며 이리로 왔다.

삼희는 그중에 한 청년이, 그년*에 죽은 동무의
동생이요, 이 시가지에서는 제일 큰 지주의 아들
인 것을 곧 알았다. 그리고 젊은 여자들도 여염집
여자들인 것을 곧 알았을 뿐 아니라, 또 그는 속으

* '거년'. 이해의 바로 앞의 해.

로

　'저 여잔, 저 사람의 부인인 게고, 또 저 여자는
고대 혼인한 사촌이거나, 일갓집 동생일 게고, 저
흰 저고리 입은 여자는 그 여자의 동생일 게고, 그
리고 저 남자는 새신랑인 게다.'

　하고, 객쩍은 생각을 해보고 있는데, 그러자 오
라버니도 담배를 문 채, 별로 이렇다 할 아무것도
없이, 그저 인사를 받았다.

　그런데 이 청년이 왜 그리도 못나게 수줍어하는
것인지, 오기는 무슨 화초를 사러 온 모양인데, 무
엇을 사러 왔다는 말도 잘 못할 정도로 주변이 없
었다.

　오라버니는 한참 동안 멀거니 앉아서, 흡사 청
년의 거동에 미기 실소라도 할 듯한 얼굴이더니,
또 무슨 마음에서인지, 곧 몹시 상냥한 얼굴을 하
고 일어서는 것이었다.

　그러고는 연상 무슨 설명을 하고, 또 함께 온실
안으로 들어가고 하였다.

　얼마 후에 청년은 분에 심은 화초를 꽤 여러 개
산 모양인데, 어째, 그것을 또, 손수 들고라도 가겠
다는 것인지, 오라버니가 뭘 굳이 만류를 했고, 그

러고는, 또 오라는 말, 고맙다는 인사까지 하는 것
이었다. 오라버니는 일찍이 어떠한 훌륭한 사람이
왔을 때에도 이러한 전례가 없었다.

　오라버니가 다시 의자에 와 앉았을 때는 역시
아까와 같은 지친 표정으로 돌아갔으나 어쩐지 삼
희 눈에는 그것이 우스운 피에로의 모습 같았다기
보다도, 한낱 음침한 인간에게서 받는 일종 흉물
스런 인상을 어찌할 수가 없었다.

　'오라버니는 자기가 완전히 주장될 때 비로소
양보하는 거다.'

　삼희의 이러한 것은 꽤 노골적인 적의로 나났
기 때문에, 그는 곧 자기 방으로 돌아오고 말았다.

　삼희가 이러한 생각을 되씹고 있을 동안 심부름
하는 아이가, 등잔에 석유를 넣어 왔다. 불을 켜지
않은 것을 아이는 석유 없는 것으로 알고 들어온
모양이었다.

　그는 물론 아이가 드나드는 것을 아득히 몰랐다.

　"불을 켜요?"

　하고 물었을 때 비로소 그만두라고 한 후, 무슨
마음에서인지 그는 곧 올케 방으로 건너갔다.

　올케는 무슨 책인지 들고 누워 있었다. 그러나,

어쩐지 그에겐 시방 올케도 책을 보고 있는 것이
아니라, 그냥 뒤적이고만 있는 것처럼 생각이 되
는 것을, 역부러

"성 공부허우?"

하고, 물어봤다.

둘이는 한참 동안 나란히 누워 있었으나 별반
말은 없었다. 만일 이때 삼희로서 말을 건넸다면

"성 쓸쓸하지 않우?"

하고, 묻고 싶은, 꽤 주책없는 말이었을지도 모
르나, 삼희가 이런 말을 하면 올케가 몹시 불쾌히
여길 것 같아서, 그는 그저 잠자코 있었다.

올케도 이러한 침묵이 거북했던지,

"저이 누군 줄 알우?"

하고, 오라버니 방에 있는 이를 가리켜 말을 했다.

이래서 삼희는 그 사람이 바로 전일 오라버니가
말하던 태일이란 분인 것을 알았고, 삼희는 새로
이 이분에 대한 궁금한 생각이 더해가는 것을 느
꼈다.

그래서,

"그 사람 뭘 하는 사람이우?"

하고, 물어도 보고, 또

"아직 젊은이래지?"

하고, 말을 건네도 보았으나, 올케가 전하는바, 촌에서 이사 온 부잣집 아들이라는 것, 또는 학교를 나온 후 별반 하는 일이 없다는 것, 보기에 예사로운 사람이 아니겠더라는, 이러한 이야기로서는 삼희의 방금 죽순처럼 뻗어나가는 맹랑한 호기심을 만족시킬 수는 없었다.

"그분 얘기 오라버니한테서도 들었다우?"

"뭐라구?"

"분명한 사람이라구…… 그러면서 이담 오거든 한번 보라나."

삼희는 말을 마치자 어쩐지 제풀에 얼굴이 붉어지려고 해서, 힐끗 올케를 보았다.

다행히 올케는 별로 아무런 표정도 없이,

"보라구 했지만 어떻게 봐? 문구멍을 찢고 보나?"

하고 웃었다.

삼희도 따라 웃으며, 속으로 아까 오라버니가 온 것이 혹 이분과 인사를 시키려고 왔던 것인지도 모른다는, 이렇게 생각이 드니까, 또 영락없이 이래서 온 것 같기도 하였다. 이래서 그는 이상 더 무엇을 헤아릴 것 없이, 곧 오라버니 방으로 갔다.

문밖에 서서는 서문 없이

"오라버니 무슨 일로 왔댔어요?"

하고, 시치미를 떼고 물어보았다.

"무슨 일로 오셨나, 해서……"

한 번 더, 그 온 이유를 밝히려니까,

그제사

"응, 별것 아니다."

하고 대답을 했다.

삼희가 갑자기 몹시 억울한 정이 들어 뒤도 돌아보지 않고 돌아서려고 했을 때다. 별안간 문이 열리며,

"놀다 가렴."

하고, 오라버니가 말을 했다.

삼희는 웬일인지 더 뭐라고 말도 하기 싫어져서,

"일없어요."

하고는 그냥 돌아섰다. 그랬는데 또 모를 일은,

"놀다 가래도."

하고 오라버니가 거듭 잡는 것이었다.

삼희는 덮쳐서 난처하기까지 하였으나, 또 한편, 이러한 때 이런 얄궂은 제 기분만 쫓는 것이 더 쑥스러울 것도 같아서, 그는 끝내 오라버니가 하

라는 대로 조금 후에 올케와 같이 오라버니 방으로 건너갔다.

삼희가 태일이라는 사람에게서 처음 느낀 것이 있다면, 그것은 이분에 비하여, 오라버니는 훨씬 편협하다는 것이었고, 또 이것은 삼희의, 그리 사람 좋지 못한 눈으로 본다면, 이분에 비하여 오라버니는 훨씬 선량하다는 것도 되는 것이었다.

처음 삼희는 저보다 나이 적을지도 모르고, 또 남편과도 면식이 있다기에, 제법 애기 어머니연의젓하게 대했었다. 그랬는데, 무슨 자기보다는 나이 사뭇 어린 여학생을 대하듯, 외람히 구는 폭이란 도무지 가당치도 않았다. 굳이 바라다볼 배도, 말을 건넬 배도 없이, 오라버니와의 이야기를 계속하는 모양인데, 이따금 오라버니보다도 훨씬 나이 들어 보였다.

조금 후에 청년은 삼희에게 온 지 얼마나 되었느냐고 물었다. 그래서 삼희가 잘 모르겠다고 대답을 했더니, 청년은 웃었다.

오라버니와의 이야기는 다시 청년의 친구 되는 김 군이란 사람에게로 옮겨 갔다.

이 사람의 이야기가 나오자, 오라버니는

"당신 그 김 군이란 사람과 친한 것은 난 암만 생각해봐두 모르겠습디다."

하고, 거반 신경질적으로, 말을 가로채었다.

청년이 웃으며,

"왜요?"

하고, 도로 물으니까,

"어떻게 친해지냐 말이오. 아무튼 불쾌하게 된 사람인 것이, 한낱 부량자거든 파렴치했으면 그뿐이지, 그렇게 비굴할 건 또 뭐겠소?"

하고, 오라버니는 청년을 보았다.

이야기를 듣고 있던 청년은 여전 별로 이렇다 할 표정도 없이

"그 비굴이란 것이 대체 어떤 것이오?"

하고 물었다.

오라버니는 잠깐 피우던 담배 토막을 비빈 후

"글쎄, 그렇게 말하면 또 별거겠지만 아무튼 옳은 건 옳고, 그른 건 그른 것 아니겠소."

하고, 말을 받았다.

잠깐 침묵이 있은 후, 청년은 다시 말을 이었다.

"비굴한 사람보다도, 사람을 비굴하게 만드는

사람들이 더 비굴할 것이오."

하고, 비교적 '사람'이란 말에 억양을 넣어 말을 하면서, 이번엔 훨씬 농조로,

"형이 그 사람을 몰라 그렇지, 그 사람 참 좋은 사람이오. 제일 본받기 쉬운 어린애의 마음이 제일 아름답다는 그리스도의 말에 비춰 본다면, 그 사람 천사 같은 사람일 거요."

하고 웃었다.

오라버니도 끝내 따라 웃고 말았으나, 대체로 청년의 말이 마땅찮은 모양이었다. 그래서 청년도 이것을 알았던지,

"형이 어느 의미로선 고인古人일지 모르나, 그러나 형 같은 좀 이상한 고인보다는 우리 김 군이 솔직하기로나, 선량한 폭으로나 훨씬 위일 것이오."

하고, 여전 웃으며 말을 하였다.

마침내 오라버니도 손을 젓고 웃으며,

"그만둡시다. 당신 험구險口 아니오? …… 우리 그만둡시다."

하고, 말은 하면서도, 일종 불쾌한 감정을 없애진 않았다. 그러나 이번에 청년이 제법 낚아채는 형식으로

"날 험구란 것은 편벽된 말인 것이, 형이 이 군을 좋은 사람이라고 하기나, 내가 김 군과 친하기나 일반인 것 아니겠소?"

하고, 오라버니를 건너다보았다.

이 군이란 바로 오늘 꽃을 사 간 청년인 것을 삼희는 곧 알았다.

오라버니가 약간 후둑해서

"내가 이 군을 좋은 사람이라고 하는 것 말이지?"

하고 말을 했을 때,

"이 군이 못났기 때문이오?"

하고, 청년이 물었다. 청년은 이마가 드높은 꽤 예쁜 얼굴을 한 사람이라고 삼희는 생각했다. 웃지 않으면 꽤 엄숙한 얼굴*이면서도, 웃으면 퍽 순결해 보이는 것이 거반 얼굴의 특징이었다.

청년이 돌아간 후, 야심해서까지, 삼희는 청년을 두고 여러 가지로 생각을 해보았다. 그런데 생각을 해볼수록 청년이 꼭 겹으로 된 사람 같았다. 한 겹을 벗기면 또 속이 있고, 또 벗기면 속이 있어 어떠한 사람이고, 사태고 간에 그 겹겹에서, 능히

---

* 《문장》 발표 지면에는 '제법 엄숙한 얼굴'로 표기되어 있다.

허용될 수 있고 받아들일 수 있는, 또 달리는 어떠한 사람과도 어떠한 사태와도 그 스스로가 허하지 않는 한, 결코 타협할 수 없는, 가장 독립한 인간으로 생각되었다. 그래서, 이것이 이중성격이니, 표리부동이니, 하는 상식적인 어의의 한계를 넘어서, 진정한 사람의 '깊이'를 말하는 것이라면, 이 청년은 장차 제법 걸물傑物일 거라고까지 생각을 해 보았으나, 그러나, 다른 한편으로 이러한 제 모양이 어째 수다한 것 같은 인상을 주기도 해서, 삼희는 곧 벽을 향하여 돌아눕고 말았다.

어느덧 오월도 지나, 유월이 제격으로 들어섰다. 산호리엔 이로부터 비교적 일이 적어졌다. 아침에 밭에 심었던 화초를 끊고, 청대콩, 오이 이런 것들을 따서 저자로 내어 보내는 것, 봄에 이식해 둔 식목에 조석으로 물을 주는 것, 또 온실에 있는 식물을 태양에 조절시켜주는 것, 봄에 꽃을 본 초화의 구근을 말리는 것, 이 밖에 가축을 살피는, 그리 힘들지 않은 일뿐이었다.

그런데 삼희가 이리로 온 후부터는, 그리고 삼희의 병이 그리 중하지 않다는 것을 안 후부터는,

이 산호리엔 비교적 젊은 여자들의 출입이 잦았
다. 그의 사촌이라든가, 이해 정월에 결혼한 동생
의 댁 같은 사람은 거의 격일로 오다시피 하였고,
또 이러한 그의 동무들이 올 때만은 어쩐지 오라
버니는 별로 좋아하지 않았다.

오라버니가 밭에서 일을 하는 것을 여자들은 자
못 이상하게, 또는 신기하게 바라다보았고, 또 오
라버니는 이렇게 보아주는 것이 싫은지, 이따금
몹시 까다로운 얼굴을 하였다. 그러던 것이 요즈
음에 와서는 물론 일이 적어지기도 하였지만, 설
사 일이 있는 때라도, 여자들이 와 있을 때만, 밖에
잘 나오지 않았다.

오라버니 방에는 숱한 책이 있었지만, 또 오라
버니는 이러한 때가 아니더라도 종일 방에만 있는
때가 흔히 있었지만, 삼희는 오라버니가 특별히
무슨 '공부'를 하는 것을 보지 못하였을 뿐 아니라,
혹 이런 말이 나오면은

"공부는 무슨 공부를……"

하고, 그냥 말을 끊어버렸기 때문에, 그는 이따
금 속으로,

'공부도 않으면서 종일 무엇을 할까?'

하고, 기맥을 살핀 때도 있었지만 아무튼 이렇다 할 무슨 '공부'를 하지 않는 것만은 사실이었다.

이래서

"오라버니가 얼마나 지독히 공부하기에 되우? 지난겨울에도 전집 한 질을 옥편 놓구 밤새워가면서 다 떼었다우."

하는, 올케 말을 잘 믿을 수가 없었다.

이날도 낮에 끝에 올케랑 사촌이랑 찾아왔었다. 또 이날은 순재 문주까지 합쳐서, 그러니 육칠 인의 젊은 여자들이 한곳에 모인 셈이었다. 그래서 이 여자들도 처음 삼희가 이리로 왔을 때처럼, 공연히 흥분하고, 괜히 모두 신기해하였다. 더러는 잣나무에 기대어 서도 보고, 더러는 맥없이 선인장에 손을 찔리고 아파하기도 하였다. 또 삼희처럼 돼지에게 혼을 떼우고 쫓아 내려오기도 하였다.

삼희는 돼지에게 혼이 난 순재가, 제가 오라버니에게 물은 말과 꼭 같은 말을 저한테 묻는 것이 하도 우스워서,

"돼진 본시 하이칼라를 보면 그런단다."

하고, 오라버니가 말하던 그대로 순재에게 옮겨 봤다.

그랬더니,

"나보다 돼지가 하이칼라던데."

하고, 말을 받아서 둘이는 웃었다.

해가 떨어질 무렵 해서 더러는 가고, 더러는 밤까지 남았었다. 문주는 아직 시집가지 않은 '선생님'이니, 말할 것 없고, 순재는 벌써 아이가 커다란 부인네라, 저물면 돌아가야 할 법도 했지만, 밥 짓는 아이도 있었고, 또 단살림이라, 삼희에게 왔다가 하룻저녁 늦었다기로 그리 야단할 것 같은 남편도 아닐 상 싶어서 삼희가 굳이 잡은 셈이다.

여자들은 달이 하늘 복판에 올 때까지 바깥문께서 놀았다. 밤에 찬 이슬을 맞으면 몸에 해롭다고 해서, 그는, 한 번도 밤늦게는 밖을 나오지 않았다. 얼마나 고운 밤인가? 산은 아련하고, 바다는 호수처럼 다정하였다.

삼희는 거반 변으로 황홀해하였다.

"순재야, 너 오래 살구 싶니?"

삼희는 순재에게 말을 건넸다.

고, 강가무레하니* 예쁜 눈을 아래로 내리뜨고

---

* 엷게 가무스름하니.

는, 풀잎으로다 무엇인지 손장난을 치고 있는, 순
재가 삼희는 무척 아름다워 보였다. 그래서, 오래
살면서 이러한 밤을 맞아주어야 할 사람 같은, 우
스운 생각이 들기도 해서, 물어본 말이었는데,

"오래 살구 싶지 않어."

하고, 정갈하게 웃으며 순재는 삼희를 보았다.

삼희는 어쩐지 쓸쓸하였다.

"넌 오래 살구 싶니?"

조금 후 순재가 도로 물었다.

"난? 그래 오래 살었으면 싶다."

하고 삼희가 대답을 하려니까,

"나두 오래 살었으면 해, 뭐니 뭐니 해도 살고 볼
일이지, 죽으면 그 뭐야!"

하고, 짜장 문주가 삼희 말을 옳다고 하는 것이
다. 삼희는 이 만년을 명랑하기만 한 귀여운 '선생
님'의 말에 어쩐지, 웃음이 나서,

"그래 네 말이 맞었다 맞었어."

하고, 웃었다.

"넌 네가 오래 살지 못할 것을 꼭 아니?"

하고, 순재가 제 말을 계속하였다.

"왜 묻니?"

"오래 살어봤으면 싶다니 말이다."

삼희는 얼굴에 남은 웃음을 지우고 잠깐 순재를 건너다보았으나, 어쩐지 이러한 말이 가져오는 분위기가 그는 싫었다. 그래서,

"네가 오래 살기 싫다니 한 말이지 뭐."

하고, 말하면서도

'사람이 누구에게나, 무엇에나, 가장 성실해보고 싶은 순간이 있다면, 그건 가장 성실할 수 없는 것을 안 순간이 아닐까.'

하는 생각이 들어서, 어쩐지 외로웠다.

"문주 노래 하나 하렴. 있지 왜, 네가 잘하는 거."

삼희는 짐짓 웃으며, 말끝을 돌렸다.

이래서 문주가 노래를 하고, 또 같이들 따라 하기도 하면서, 여자들은 이슬에 축축해진 얼굴을 샘가에서 씻고, 훨씬 이슥해서야 헤어진 셈이다.

동무들을 보낸 후, 삼희가 자기 방으로 들어오니까, 뜻밖에 오라버니가, 마치 삼희를 기다리고 나 있는 것처럼, 대뜸,

"내일 월영으로 가거라."

하고, 말을 했다.

월영이란 어머니가 계시는 월영동 큰집을 말함

이다.

삼희는 오라버니의 너무 돌연한 말에 멀숙해서, 더욱 서먹서먹 자리에 앉았다.

"넌 앓는 사람이 아니니까, 놀 테면 월영동 집이 훨씬 좋을 거다."

하고, 오라버니가 다시 말을 했다.

삼희는 조금 전 샘가에서부터, 코밑이 확확하고, 몸이 오슬오슬하던 것이, 방 안에 들어오자 갑자기 떨려오기도 하였지만, 사실은 이것보다도, 이러한 오라버니의 말이 몹시 섧고, 또 한편, 야속하기도 해서, 뭐라고 말을 하려고 했으나 도무지 잘 생각이 나지를 않고, 별로 얼굴에 찬 기운이 쏴, 하고 오는 것 같아서, 벽에 기대앉은 채, 그는 잠깐 머리를 뒤로 떨어뜨렸다.

이때 오라버니가 좀 당황해하면서 가까이 오는 것을 그는 알았으나, 역시 뭐라고 말을 할 수는 없었다.

삼희는 이상 더 정신을 잃었으나, 자리에 누워서도 오래도록 그는 영문 없이 울었다.

이래서 그 후 오륙 일 동안 그는 감기로 누웠었고, 이러는 통에 두 남매는 이상하게도 비교적 정다워진 셈이다.

어느 날 삼희가 안마당 등나무께다 의자를 놓고 앉아 있으려니까, 오라버니가 사무실 바로 앞에서, 바깥문께다 백묵으로 동그라미를 그리고는 새 총으로다 그걸 맞추느라고, 아주 정신이 없었다. 수없이 되풀이하는 총알이 위로 아래로 또 옆으로 흩어져서 좀체 동그라미를 맞힐 성싶지 않았으나, 오라버니는 그저 겨누기에 정신이 없었다. 대낮이 납덩이처럼 내려앉아, 바람 한 점 새 한 마리 얼씬 하지 않았다. 이상한 정적이 마치 준령을 넘을 때 처럼 괴로웠다.

삼희는 끝내 오라버니에게로 달려가며,

"오라버니 그 뭐예요?"

하고 물어봤다.

오라버니는 부자연할 정도로 얼굴에 긴장을 풀며

"응, 심심해서……"

하고 말을 했다.

심심해서 하는 노릇이라는 바에야, 삼희로서도, 더 뭘 물어볼 말도 없고 해서, 그냥 잠자코 뒤로 가서려니까,

"너도 한번 놔봐라. 재미있을 테니."

하고, 알을 재운 채, 총을 삼희 앞으로 내밀었다.

삼희는 얼결에 총을 받으면서도, 오라버니의 기색을 살피었으나, 역시 이날도 전과 달리 몹시 단순한 그저 유쾌한 얼굴이었기에, 삼희도 지극 가벼운 마음으로, 오라버니가 시키는 대로, 겨냥을 조심해서 쇠를 당겼다.

이 모양으로 몇 번을 거듭했으나, 물론 맞춰질 리가 없었다. 나중에는 의자를 가져다 놓고 그 위에다 총대를 걸친 후 놔봤다. 그랬더니 훨씬 힘이 들지 않았다. 그랬는데 참 희한한 일은, 어쩐 일로, 그 동그라미를 삼희가 맞춘 것이다.

이래서 오라버니도 용타고 칭찬했거니와, 삼희는 그만 신기해서, 당장 날포수가 된 것처럼, 이번엔 정말 새를 잡아보겠다고, 식목밭으로 갔다. 오라버니도 웃으며 곁으로 와서 그가 하는 양을 보고 있었다. 그러나 의자를 놓지 않고는 도저히 새를 잡을 가망이 없음을 곧 알았으므로, 뒤꼍 감나무에 까치가 앉은 것을 보고도 그는 종내 오라버니께 총대를 돌리고 말았다.

파란 매실이 올망졸망한 매화나무 밑에 서서, 까치와 총 끝을 번갈아 보며 이마에 듣는 땀을 씻으려니까, 그제사 숨이 막힐 것 같은 더위와, 팔이 후둘후둘하는 피곤을 깨달았다.

조금 후 하도 더워서 잣나무께로 나와볼까 하고, 돌아섰을 때다. 마침 그 뒤에 태일이라는 오라버니 친구가, 언제 왔는지, 멍하니 서 있었다. 삼희는 가슴이 철석하도록 깜짝 놀랐으나, 지나칠 정도로 공손히 절을 한 후 태연히 앞을 지나려고 하였다. 그랬는데, 청년은 거반 삼희가 면목 없을 정도로 그의 인사를 받는지 마는지, 그저 번히 보고만 있었다. 또한 그 태도가 한 가닥으로만 보여지지가 않아서, 이편을 힘껏 무시한 것도 같은, 또는 한껏 신뢰한 것도 같은, 또 달리는, 무엇에 몹시 항거하는 것도 같은, 이상한 것이었기 때문에 아무튼 어느 것이든 삼희로서는 당황하지 않을 수 없었고 좌우간 거슬렸다.

삼희가 잣나무께로 나와, 숨을 내쉴 때쯤 해서, 퍼뜩 머릿속에 청년의 얼굴이 지나갔다. 그의 자존심은 또 한 번 발끈하지 않을 수가 없었다.

그래서

'도무지 되지 않았다.'

고, 거듭 마음에 이르는 것이었다.

인해 오라버니가 청년과 이야기를 주고받으며, 이리로 왔다.

삼희는 한 번도 그편을 보지 않았으나,

"뭐든 적중한다는 것은, 맞힌다는 것은, 분명히 유쾌하리다."

하는, 청년의 말을, 조금 전,

"좋은 장난입니다."

하던 말과 함께, 한마디도 놓치지는 않았다.

오라버니는 삼희와 가까워지자,

"네가 저걸 맞혔다니까, 이분이 거짓말이란다."

하고, 웃었다.

삼희는 잠자코 오라버니 편을 향하여 돌아섰으나, 좀 당돌하리만큼 정면으로 잠깐 청년을 바라다보았다.

청년은 조금 전 삼희가 가졌던 총을 집고 서서, 역시 무표정한 얼굴로 시선을 받으며

"다시 한번 봐보십시오."

하고, 가만히 총을 내밀었다.

조금 후 오라버니가 낚시질을 좋아하느냐고 물으니까 청년은 좋아하지 않는다고 하였다. 다시, 장기나 바둑을 좋아하느냐고 물으니까, 청년은 좋

아한다고 하였다.

"그럼 낚시질도 좋아할 거요."

하고, 오라버니가 말을 하니까,

"그 온 갑갑해서……"

하고, 청년이 말을 받았다.

"재미를 몰라 그렇지, 아무튼 일등 가는, 도박입
네다. 아주 홀린다니까."

"그럼 강태공이 노름꾼이 된 셈이게?"

둘이는 제법 소리를 내고 웃었다.

삼희는 저도 모르게 얼굴을 찡겼다.

무슨 '징'이 울릴 때처럼 소란하고, 이상하게 일
종 송구한 정이 들어서, 흐지부지 인사를 한 후 곧
제 방으로 돌아오고 말았다.

이날 저녁 삼희는 오라버니와 오래도록 이야기
를 하고 놀았다. 아까도 말했지만 두 남매는 삼희가
수일을 앓은 동안 훨씬 의가 좋아진 셈이어서, 아무
튼 요즈음 오라버니는 조금도 까다롭지 않았다. 언
젠가 삼희가 이것을 오라버니께 물어보았더니,

"가사 '너'라는 '여자'를 '내'가 이제 처음 만나는
거라고 한대도, 너는 역시 내 동생일 게고, 또 이제
너는 단지 병을 앓는 재주밖에는 없으니까 말이다."

하고, 웃었다.

이날 저녁에도 오라버니는 삼희가 묻는 말이 자기의 내면과 상관되지 않는 한 다 받아주었을 뿐 아니라, 조만간 지금의 생활을 그만둘지도 모른다고 하면서,

"역시 태일 군 같은 사람이 살어 있는 사람일지두 몰라."

하고, 말하였다.

삼희는 이분의 말이 나오자 거반 까닭 없이 역해오는 감정을 경험하면서도,

"살어 있는 사람이라니요?"

하고, 제법 무심하게 물어보았다.

"'자랑'을 가졌으니까. 생명과, 육체와, 또 훌륭한 '사나이'란 자랑을 가졌으니까."

하고, 오라버니는 혼잣말처럼 말하는 것이었다.

삼희는 오라버니의 이러한 말에 진작 대척이 없이, 속으로 '사나이', '생명', '육체' 하고, 되풀이해 보았으나, 그렇다고 이것이 그에게 별다른 감동을 주지는 않았다.

오라버니는 다시

"그는 저와 상관되는 일체의 것을 자기 의지 아

래 두고 싶은 야심을 가졌으면서도, 그것을 위해 조금도 비열하지 않고, 아무것과도 배타하지 않는, 이를테면 풍족한 성격일 뿐 아니라, 이러한 성격이란 '본시' 남성의 세계이니까."

하고, 말하면서,

"그러기에 이러한 사나이의 세계란, 가령 어떠한 사정이나 환경에서 패하는 경우라도 결코 '비참'한 형태는 아닐 거다."

하였다.

삼희는 오라버니의 이러한 말이 전부 마땅하게도, 그렇다고 전연 마땅찮게도 들리지 않았으나, 또 한편, 그분을 두고 오라버니가 너무 두둔하는 것도 같고, 또 이것은 오라버니로서, 자기 약점에 대한 일종 반발 같기도 해서,

"내 생각엔 너무 과장해서 생각하는 것 같은데…… 아무튼 난 잘 모르겠어요."

하고 말을 끊었다.

그랬더니, 오라버니는

"잘 몰라?"

하고 되짚으면서,

"모르겠으면, 알구 싶지 않니?"

하고, 이번에는 제법 놀리듯 바라보는 것이었다.

물론 삼희로선 이러한 오라버니의 말이나 태도가 저로서 조금도 당황해할 것이 못 된다는 것을 모르는 바가 아니지만 이것을 알면 알수록 거반 성미가 나도록 얼굴이 확확했다.

그래서,

"과장이란 본시 유치한 감정일 것 같애요."

하고는, 정말 성미를 부리고 만 셈이다.

어느 날 오라버니는 낚시질을 간다고 했다. 삼희도 올케도 그의 동무들도 다 좋아하는 낚시질이다. 섬에 나가 조개를 잡고 멱을 뜯고 고기를 낚는 것은, 바닷가 사람들의 고향처럼 그리운 놀이다. 달마다 보름이 되면, 바닷물은 만조가 되고 이것을 '한시'라고 해서, 한시가 되면 조개도 고기도 잘 잡힌다.

이날 삼희도 동무들과 함께 포구 앞 방파제로 낚시질을 갔다. 고기가 더 잘 잡히고 더 신명이 나는 섬을 버리고 이곳을 정하기는, 물론 삼희를 위해서이지만, 고기 낚기에는 본시 '날물'과 '들물'이 있어, 이들 일행도 오정이 지나자 곧 달려온 셈이다.

삼희는 물을 대하자 괜히 숭얼대고*, 바다처럼
활짝 자유로우려는 마음을 간신히 걷어잡은 채,
낚싯대를 던졌다. 바닷물이 사뭇 줄어, 길길이 뻗
은 미역풀 사이로 고기들이 놀고, 그것이 거울 속
처럼 들여다보이고 하면, 사람들은 그만 애들처럼
즐겁기만 하고, 한껏 천진해진다. 그러기에 아무
리 모르는 사이라도, 크고 묘한 고기를 낚으면 마
치 형제간이나 된 것처럼, 머리를 맞대고 즐기는
것이 낚시터의 풍속이다.

오라버니도 삼희 편에서 고기를 낚아 올리면,
쫓아와서, 낚시도 빼어주고,

"얼마나 큰가?"

고, 물어도 주고 하였다. 또 오라버니 친구 되는
분도 이러하였고, 삼희 편에서도 이러해서, 큰 고
기일 때에는, 물에 담가도 보고 하였다.

일행은 날이 거반 저물고 또 비도 올 것 같은 날
씨였지만, 끝내 돌아가지 않고, 선창가에 있는 조
그마한 음식점에서 생선국을 먹고는 다시 물가로
나왔다. 하늘이 흐려서 충충하고, 시꺼먼 바다가

* 분위기가 조금 소란스러워지고.

기선이 지날 때마다, 비늘이 돋쳐서, 괴물처럼 꿈틀거렸으나, 사람들은 조금도 무서운 줄을 몰랐다.

밤이 점점 제격으로 들어설수록 고기는 자꾸 물렸다. 주위는 낮에 말이 많은 것과는 달리, 점점 말이 없어지고 이상하게 긴장해갔다. 밤에는 떠들면 고기가 오지 않는다는 이유도 있었겠지만, 또한 사람들이 제풀로 말이 없어지기도 하였다.

삼희는 진작부터, 오라버니가 준 윗옷을 입고 앉았는데도, 차차 바람이 싫고, 자꾸 피곤해지려고 해서, 한 번도 자리를 갈지 않은 때문인지, 그의 가까이는 아무도 사람이 있지 않았다. 그는 끝내 낚시질을 그만두고, 방파제가 무너진 움텍이를 찾아가 앉았다.

삼희가 이렇게 얼마를 앉아 있는데 누가 뒤에서

"차지 않아요?"

하고, 말을 건네는 사람이 있었다. 태일이라는 청년이었다.

그가 추운 것이 아니라는 듯이, 조금 풍성히 앉으면서 괜찮다고 말을 했더니, 청년은 삼희의 이러한 말에는 별로 대답도 없이, 그와 조금 떨어진 축대로 와 앉았다. 그러더니

"바다를 좋아합니까?"

하고, 불쑥 물어보는 것이었다. 그래서 삼희가 좋아한다고 했더니, 자기는 별로 좋아하지 않는다고 하면서

"난 산을 더 좋아합니다."

하고, 말을 했다.

조금 후에 청년은 역시 서문 없는 태도로,

"내가 어떻게 봬요?"

하고, 다시 말을 건넸다. 대단히 난처한 질문이었다. 이때 삼희는 정말 비위를 상해도 좋을 법했다. 그러나 그는 웬일인지, 제법 친숙한 사람에게 말하듯 약간 농조로,

"좋은 분이라고 생각합니다."

하고, 대답했다. 그랬더니 청년은 그저 멀뚱히 앉은 채 가만히 웃을 뿐이었다.

얼마 후에 청년은 다시 생각난 듯이

"날 어떻게 보십니까?"

하고, 굳이 물었다. 이리되면 난처한 일인 게 아니라, 세상에 염치없고 무례한 질문도 분수가 있다. 삼희는 뭐가 노엽다기보다도 어쩐지 웃음이 나려고 해서, 그러니까, 반 장난삼아, 외인부대쓰ㅅ

部隊 같다고, 했더니,

"오라버니는요?"

하고 다시 물었다.

삼희는 더욱 뭘 따져볼 배 없이,

"오라버니두요……"

하고 대답했다. 그랬더니, 청년은 의외로 삼희의 이러한 말을 꽤 심각하게 듣는 모양이어서, 한동안 잠자코 앉아 있기만 하더니, 별안간 머리를 들며,

"싫은 일이올시다! 어째서 그런 생각을 했습니까?"

하고 삼희를 보았다.

삼희는 웬일인지, 저를 보는 청년의 시선이 거창하게 느껴졌다. 그래서 모르는 결에 얼굴을 피하며, 또 한편 이러한 곳에서 남의 사람 보고 '외인부대'니 뭐니 하고는 힛득픽득 번거롭게 구는 제 모양에 스스로 싫은 생각을 일으키며 가만히 일어섰다. 청년도 따라 일어났다.

이때, 맞은편 등대의 불빛이 청년의 흰 이마에 싸늘히 쏟아졌다. 청년은 곧 바다를 향해 돌아섰다. 약간 머리를 숙인 채, 언제까지나 다시 돌아서지는 않았다. 순간 삼희는 그가 몹시 훌륭해 보였

다. 불현듯 한껏 보드라운 마음으로 그 돌아선 얼굴이 보고 싶어졌으나, 그는 끝내 오라버니가 있음직한 왼편 쪽 길을 걷기 시작하였다. 문득 바다가 설레고 바람이 거칠어진 것처럼 그는 가슴에 오는 야릇한 위압을 느끼며, 삼희는 역부러 소리를 내어

"그만 돌아갔으면 좋겠다."

고 중얼거렸다.

어느 날 아침이었다.

삼희가 채 일어나기도 전에, 오라버니 방에는 진작부터 태일이라는 청년이 와 있었다.

두 사람은 아침을 먹은 후, 오정午正이 되도록 오라버니 방에서 이야기를 하고 놀았고 점심을 치른 후에도 뒷산 잔디밭에서, 해가 떨어질 무렵까지 있었으나, 청년도 삼희도 오라버니도 아무도 아는 척하지는 않았다.

청년이 돌아간 후 저녁을 먹은 후에도 오라버니는 이날따라 자기 방에만 있었다.

삼희는 끝내 오라버니 방에를 가보았다. 오라버니는 책상에 턱을 고이고 앉은 채 연필로다 뭘 정신없이 끄적대고 있었다. 그 앉은 모양이라든가,

얼굴 표정으로 보아, 시방 오라버니가 뭘 마음 들
여 하고 있지는 않다는 것을 곧 알았다.

　미닫이를 닫고 들어서면서 삼희는 한 번 더

　"오라버니 뭐 하우?"

　하고, 짐짓 속삭이듯 물어보았다.

　오라버니는 연신

　"응? 어."

　하고, 그저 입으로만 대답했을 뿐, 통이 이리로
는 정신이 없었다. 삼희는 고개를 길다랗게 하고
책상 위에 있는 종이쪽과, 오라버니가 끄적이고
있는 것을 번갈아 살펴보았다. 종이쪽은 연필로
그린 누구의 초상인 듯해서, 자세히 보니까, 어느
강물을 비껴 비옥한 평야를 배경으로 아무렇게나
앉아 있는 거창한 청년이, 바로 태일이었다. 청년
은 머리칼이 거칠고 수염이 짙어 눈이 더욱 빛나
있었다. 그러나 힘없이 거두어져 있는 얼마나 징
한 조화를 잃은 큰 손인가?

　삼희는 얼굴을 찡기며, 다시 오라버니 앞에 놓
인 종이쪽을 보았다. 이번에는 아무 배경도 없이
그냥 백판에다가 지독히 안정을 잃은, 초라한 남
자를 앉혀놓았다. 그는 볼수록 초라한 이 청년을

꼭 어디서고 본 것만 같아서 찬찬히 바라다보노라
니까, 과연 이 머리빡이 유난히 크고 수족이 병신
처럼 말라빠진 우스운 사나이가 영락없는 오라버
니가 아닌가?

삼희는 한편 놀라면서도, 웬일인지 터져 나오는
웃음을 참을 수가 없었다. 이래서 삼희가 소리를
내고 웃었을 때, 놀라 돌아다보는 오라버니도 그
만 소리를 내고 따라 웃은 셈이다.

얼마를 이렇게 웃고 났는데도

"오라버니 그 나 온 참······"

하고, 삼희는 자꾸 웃었다.

조금 후에 두 그림을 나란히 하여 일부러 멀찌
감치 들고는

"그래, 어떠냐? 잘 그렸지?"

하고, 오라버니는 물었다.

"잘 그리고 뭐고, 무슨 사람들이 그렇대요?"

하고, 삼희가 여전 웃고 있으려니까

"내 것은 내가 그린 거고, 이것은 태일 군이 그린
건데, 태일 군 다시 동경 가겠다구 그래서, 말하자
면 그 자화상을 내게 준 셈이다."

오라버니는 그림을 든 채 약간 장난조로 설명을

했다.

삼희가 오라버니를 잠깐 흘겨보면서

"이따금 오라버니들은 꼭 어린애 같어."

하고 말을 했더니, 오라버니는 그림을 놓고, 삼희 편을 보고 돌아앉으며

"어린애? 그래 어린애지. 하지만 그 어린애인 곳이, 혹은 어리석다는 곳이, 이를테면 지극히 넓은 것, 완전히 풍족한 것과 통하는 것이라면?"

하고, 말하면서

"이런 건 다, 너희들 '작은 창조물'들이 알 수는 없을 거다."

하고, 여전 농조로 웃었다.

삼희는 어쩐지 싫은 생각이 들었다. 무슨 모욕을 당했을 때처럼 불쾌하였다기보다도 오라버니에 대한 이상한 의심이 일종 야릇한 불쾌를 가져왔다. 그러려니 해서 그런지는 몰라도 어째 얼굴이 희고 몸이 가냘픈 거라든지, 손발이 예쁜 것까지 모두가 의심쩍었다.

그래서

"지극히 어진 이가 그 어진 바를 모르듯 오라버니도 응당 몰라야 할 것을 이미 안다는 것은 어찌

된 일예요?"

하고, 그도 짐짓 농조로 말을 해보았다. 그랬더니, 오라버니는 거반 싱거울 정도로 쉽사리

"그럼 나도 그 '작은 창조물'의 하나란 말이지?"

하면서

"그럴지도 몰라."

하고, 말하는 것이었다.

조금 후에 삼희가 자기 방으로 돌아오려니까 머릿속에 퍼뜩, 오라버니의 이상한 모습이 떠올랐다. 이른바, 거인도 죽고 천사도 가고 없는 소란한 시장의 아들로 태어나 한 올에도 능히 인색한, 그러면서도 상기 고향을 딴 데 두어 더욱 몰골이 사나운 형상으로 나타났다.

어느 날 오후였다.

그동안 태일이라는 청년은 일절 오지 않았기 때문에, 오라버니도 이따금

"떠나기 전, 한 번은 들를 텐데……"

하고, 기다리었고, 삼희도 어쩐지 궁금했었다. 그랬는데, 이날 조카아이를 통해서 태일이란 청년이 어느 싸움을 말리다가 머리에 중상을 내고 방

금 입원해 있다는 것을 알았다.

조카는 오라버니가 묻는 말에

"총순집 아들이 술이 취해서 권투선수하고 싸우는 것을 말리다가 얻어맞았대요."

하고 대답했다. 총순집 아들이란 일전에 말하던 그 '김 군'이란 사람인 것을 삼희는 곧 알았다.

오라버니가 다시

"태일이란 사람도 같이 먹다 그랬다디?"

하고, 물으니까, 조카는

"네."

하고, 대답을 했다.

마침 그 옆에서 올케가 듣다가

"되잖은 군들하고 몰려다니다가 예사지."

하면서

"그 창피하게, 피하지 못하고, 모양이 뭐람."

하고는,

"당신도 그 사람 쫓아다니다간 큰코다치리다."

하는 것처럼, 이번엔 오라버니를 건너다보았다. 이 얌전하고 초졸한* 부인네가 적잖이 불쾌를 느

* 병이나 고생, 근심 등으로 여위고 파리하여 볼품이 없는.

끼는 모양이었다.

오라버니는 잠자코 곧 밖으로 나갔다. 오라버니가 병원으로 가는 게라고, 생각을 하면서 삼희는, 또 한편으로

'오라버니는 올케에게 무심하다.'

는, 이런 것을 생각하고 서 있노라니까

"그저께 동무 집에 들렀더니, 그 사람 보구들, 그만한 학식과 그만한 인물 가지고 왜 일찌감치 자리잡어 앉지 못하고 괜히 흥청벙청 다니느냐고 말들입디다."

하고, 올케가 다시 말을 이었다.

삼희는 잠자코 들으면서도

'어저께까지, 예사로운 사람이 아니겠더라고 칭찬하던 올케 마음과, 지금의 것을 어떻게 얽어봐야 하누?'

하는, 우스운 생각이 들어서, 짐짓

"옛날부터 남의 싸움 가로채면 의리 있는 사람이라는데."

하고, 말을 해보았다. 그랬더니

"그따위 의린지 뭔지 나 같음 돈 주고 하래도 안하겠네."

하고, 여전 왼고개를 치는 것이었다.

오라버니가 돌아오기는 훨씬 저물어서였지만 의외에도 오라버니와 함께 태일이란 청년도 왔었다. 어저께 퇴원했다는 것이었다.

청년은 머리에 붕대를 동인 채, 얼굴이 조금 수척했을 뿐, 여전한 모양이었다. 삼희도 전에와 달리 좀 어리둥절해서 바라다보았고, 올케도 얄궂이 맨숭맨숭 쳐다보았으나 청년은 비교적 예사였다.

오라버니가

"그 아무튼 일수 사나웠어……"

하고, 말을 하니까, 청년은 좀 어색한 웃음을 지으며, 천천히 말을 시작했다.

"그만 돌아왔을 건데, 뒤에서 김 군이 자꾸 부르니, 그 혼자 죽으라고 그냥 두고 올 수도 없고, 그래서……"

"그래서, 한판 쳤단 말이지?"

"판이나 쳤음 좋게."

두 사람은 소리를 내어 웃었다.

삼희 역시 웃음을 참고 돌아서면서

'어리석은 사람이 저분이라면, 그럼 약은 사람은 올케 같은 사람인가?'

하는 생각에 다시금 실소하려는 마음을 걷어잡
은 채 얼른 자기 방 미닫이를 닫았다.

그 후 삼희는 오라버니를 통하여, 청년이 떠났
다는 소식을 들었다.

어느 날 삼희가 제 방에 놓았던 종려죽* 대신,
다른 것을 가져올 양으로, 온실 앞으로 갔을 때다.
오라버니가 사무실에 앉아서 꽤 길다란 편지를 읽
고 있다가

"태일 군이 너한테 안부하랬다."

하고 말하는 것이었다. 삼희는 맥없어 무안을
탔다기보다도, 정말 턱없이 가슴이 철석해서, 그
대로 온실 안으로 들어가고 말았으나, 그러나 곧
그는 이러한 제가 도무지 되잖은 것 같은 생각이
들기도 하고, 또 다른 한편 뭐보다도 역력한 것은
궁금한 생각이어서, 결국

"그분 뭘 한대요?"

하고, 물어보지 않을 수가 없었다.

오라버니는 삼희의 묻는 말에, 별로 싱글싱글
웃으며

---

* 야자과 관음죽 속의 상록 관목.

"그분? 아직은 놀고 있지."

하였다.

"그럼 장차는요?"

"장차는? 연구실로 들어가든지, 그게 마땅찮으면 사관학교를 다니겠대."

"그렇게 잘 들어갈 수 있어요?"

"들어갈 수야 있겠지. 하지만 왜 그렇게 곧추 묻니?"

이번에 정말 놀리듯 건너다보는 것이었다.

"사관학교는 좀 걸작인데요."

삼희는 짐짓 피식이 말하면서, 되도록 무심한 낯빛을 하였다.

그랬더니 오라버니는 까닭 없이 벌컥해서

"너 그런 태도가 하이칼라라는 거다. 모든 데 어떻게 그렇게 조소적이고, 방관적일 수가 있니?"

하고 나무라는 것이었다. 삼희는 첫째 억울하기도 하였지만 너무도 의외 꾸지람이라 한동안 말을 않고 서 있었으나

'자기의 약점을 남에게서 발견하고, 노한다는 것은, 너무 부도덕하지 않은가?'

싶어져서, 삼희야말로 노여웠다. 그래서, 그는 오라버니가 뒤에서 부르는 것을 못 들은 척 곧 자

기 방으로 돌아오고 말았다.

조금 후에 오라버니가 와서

"노했니?"

하고, 묻는 것을 삼희가 별 대척을 않으니까

"너 이렇게 노하기를 잘하는 것도 하이칼라라는 거다."

하고, 농을 하면서

"그래 내 잘못했으니 관두자."

하였다. 삼희가 다시 빨끈해져서

"오라버니만 조소적이요, 방관적일 수 있고 남은 그렇다면 못쓴단 거지요?"

하고, 말을 하니까, 오라버니는 잠자코 있더니, 한참 만에서야

"그게 좋은 거면 모르지만 나쁘니 말이다. 난 내게 있는 약점을 남에게서 발견하면 아주 우울하다."

하고, 말하는 것이었다.

삼희는 오라버니의 심정이 잘 알 수 있는 것 같았다. 그래서 어쩐지 마음이 언짢았다. 역시 오라버니는 몰골이 사나웠다. 그러나 그는 이렇게 방황하는 오라버니의 모습에 오히려 동정이 가는 것을 어찌할 수 없었다.

칠월 접어들면서부터, 조석으로 서늘한 기운이
돌기 시작한 것이, 요즈음은 제법 나뭇잎이 바스
락거렸다.

삼희는 진작부터 가을이 오면 돌아갈 것을 생각
하고 있은 때문이기도 하지만, 아무튼 그는 날로
아이가 보고 싶고, 집이 그리웠다. 이따금 아침에
일찍이 일어나 얼굴을 정갈히 씻고는 크림을 바르
고, 연지도 찍어보고 하였다. 생각하면 어머니가
있고, 오라버니가 있고, 그가 자라난 하늘과 바다
와 산과 들이 저와 함께 있는데도, 삼희는 대체 무
엇을 그려, 어느 고향을 따르려는 것인지 알 수가
없었다.

어느 날 삼희가 샘물가에 그저 망연히 앉아 있
으려니까, 오라버니가 옆으로 오면서

"너 언제 가니?"

하고, 물었다.

"쉬 가거라."

"왜요?"

"이제 가을이 왔으니 가야지."

두 남매는 웃었다.

삼희는 끝내 추석 전에 떠나기로 하였다. 마중을

가도 좋다고 하는, 남편의 호의를, 가서 만나면 더 반가울 거라고, 그만두게 한 후 그 대신 삼포령까지 오라버니가 배웅해주기로 하였다. 떠나기 전 며칠 동안을 어머니가 계시는 월영동 집에 와 있었기 때문에, 이날은 가족을 한데 모은 단란한 오찬이 있은 후 삼희는 오후 네 시 차로 고향을 떠났다.

차가 서면을 지나, 진포를 접어들 때까지 두 남매는 별로 말이 없었다.

이때 마침 오라버니와 삼희가 앉아 있는 맞은편에 젊은 여자 한 사람과, 한 육십 남짓해 보이는 노인 한 사람이 와서 앉았다. 두 사람은 무슨 송사엘 갔다 오는 것인지, 앉기가 바쁘게 젊은 여자가 노인을 몰아세웠다. 그 말하는 거취를 보아서 분명히 여자는 노인의 딸인 모양인데, 아무리 보아도 딸치고는 참 기가 차게 망나니였다.

"그리 축구畜狗* 노릇 하면 사람값만 못 가지지, 글씨 어찌한다고 오늘도 돈을 못 받았노?"

"그렇기 말이다, 참 무서운 놈의 세상도 있제."

"와 세상이 무섭노? 이녘이 축구지."

* 사람답지 못한 짓을 하는 사람을 낮잡아 이르는 말.

하고 딸이 골을 내어도, 노인은 그저

"그렇기 말이다."

라고만 하였다.

삼희는 속으로

'이 노인이 '그렇기 말이다'라는 말밖에는 할 줄 모르는 게 아닌가?'

하면서, 보고 있으려니까, 과연 딸은 똑똑하게 생겼다. 그 얼굴하고 옷 입은 맵시랑, 아주 조약돌처럼 달아서 반드랍기 한량이 없었다.

'저렇게 똑똑하게 되자면, 그 '마음'이 얼마나 해침을 입었을까?'

하고 생각을 하니, 어쩐지 그 일거일동, 그 말하는 내용까지 모두 폐해弊害받은 상처 같기도 해서, 그는 모르는 결에 얼굴을 숙였다.

노인은 다음 역에서

"어서 오라캉께!"

하고, 주정질을 치는 딸의 뒤를 따라 내려갔다.

두 남매는 뭐라고 말을 건네려고 했으나, 여전 잠자코 있었다.

어느덧 어둠이 짙어왔다. 마침 차가 지나는 서쪽으로 멀리 낙동강이 흐르고 있었다. 강물이라기에는 너무 망망한 물결이었다.

"너 강물을 좋아하니?"

오라버니는 누이의 대답을 기다릴 것 없이

"나는 참 좋다."

하고 말을 했다.

강물은 점점 가까이 와 드디어 안전에서 넘실거
렸다.

강물은 징하고 끔직했다. 그러나 질펀한 평야를
뚫고 잠잠히 흐르는 강물은 또한 얼마나 장한 풍
족한 모습인가?

두 남매는 차가 삼포령을 지날 때까지 아득히
멀어지는 강물을 보고 있었다.

《문장》, 1941. 3.

소설

*

가을

　서쪽으로 트인 창엔 두꺼운 커튼을 내려 쳤는데
도 어느 틈으론지 쨍쨍한 가을 볕살이 테이블 위
로 작다구니를 긋고는 바둘바둘 사물거린다*.

　분명 가을인 게, 손을 마주잡고 비벼봐도, 얼굴
을 쓰다듬어봐도, 어째 보스송하고 매끈한 것이
제법 상글한 기분이고, 또 남쪽 창가로 가서 바깥
을 내다볼라치면, 전후좌우로 높이 고여 올린 빌
딩 위마다 푸르게 아삼거리는 하늘이 무척 높고
해사하다.

　오후 여섯 시다.

　사내에서도 일 잘하기로 유명한 강 군이 참다못
해 손가방을 챙긴다.

---

　*　아리송한 것이 눈앞에 떠올라 자꾸 아른거리다.

"뒤에 나오시겠어요?"

"먼저 갑시다."

뒤를 이어 김 군도 따라 일어섰다. 마지막으로 여사원 은희가 나간 후 실내는 한층 더 호젓하다.

석재는 이제 막 강 군의 '난 먼저 갑니다' 해야 할 말을

"뒤에 나오겠소?"

하고 묻던 것이 역시 속으로 우스웠으나, 이 정당하고도 남는 "먼저 가겠다"는 말을 항상 똑똑히 못 하는 강 군의 성격에도 그는 전처럼 고지식이 웃어지지가 않았다.

담배를 붙여 문 채 테이블 위에 펼쳐 있는 원고들을 정돈하고 있으려니 아침나절 정예에게서 온 편지의 내용이 다시금 머리에 떠오른다.

역시 그리 유쾌치 못한 사실이다.

그러나 단순히 불쾌한 것이 아니라 불쾌한 감정 그 뒤에 오는 꽤 맹랑하고도 해괴한, 야릇한 감정을 그는 어떻게 처리해야 할지 종내 망설이지 않을 수가 없다.

사실은 오늘 종일 그는 이것과 실갱이를 했는지도 모른다.

정예라면 물론 아내와 제일 친하던 동무다. 뿐만 아니라 아내 생전에 이상한 처신으로 아내를 곤란케 한 사람이고 또 석재 자신을 두고 말해도 이 여자로 해서 대단 난처한 경우는 겪었을망정 참 한 번도 이 여자의 행동을 즐겨 받아들인 적은 없다고 생각한다. 그리고 더욱 유감된 것은 이 여자의 그 후 행방이다.

듣는 바에 의하면 여자는 그 후 결혼을 했으나 곧 이혼을 했다는 것이고 이혼한 후엔 그 소위 '연애 관계'가 무척 번거로워서 그의 아는 사람도 여기 관계된 몇 사람이 있다고 한다. 이리되면 이건 그로서 도저히 이해할 수도 없으려니와, 불쾌하다니 그 정도를 넘고도 남는다. 또 사람의 기억이란 꽤 야속하게 되어서 사랑하는 아내와의 모든 것도 삼 년이 지난 오늘엔 때로 구름을 바라보듯 묘연하거든 황차* 정예란 여자와의 지난날이 지금껏 그의 머릿속에 자리를 잡고 남아 있을 턱이 없다.

이러한 오늘에 다시 편지를 보내고 만나자니, 만나 소용없단 것을 이편보다도 저편이 더 잘 알

* 하물며.

121

면서 만나자니, 이제 그에게 '여자'란 대상이 다시
금 알 수 없어지는 것도 또 여자가 가지는바 그 풍
속이 더욱 오리무중인 것도 사실은 무리가 아닐지
모른다.

담배를 든 채 손이 따가워오도록 여전히 그는
망설이고 있었다.

맞은편에 걸린 시계가 어느새 일곱 시를 가리
킨다. 지금 곧 일어서 간다고 해도 삼십 분은 걸릴
것…… 그는 일종 초조한 것도 같고 허전한 것도
같은 우스운 심사를 경험하는 것이었으나 여전 쉽
사리 일어서려곤 않는다.

점점 실내가 강가무레해오고 뿜어내는 연기가
아삼아삼 가라앉는 것 같다.

그는 끝내 일어섰다. 그러나 이렇다고 뭘 이제
야 정예를 만나려 가는 것은 아니다.

거리에 나서도 역시 황혼이고 가을이다. 아직
낙엽이 아니건만 가로수는 낙엽처럼 소근대고 행
인들의 그림자도 어째 어설픈 것만 같다.

문득 죽은 아내가 생각난다. 순간 그는 정말 안
타까운 고독과 슬픔을 자기에게서도 아내에게서
도 아닌 먼 곳에서 느끼며 총독부 앞 큰길을 그냥

걸었다.

바로 집으로 가자면 광화문통에서 효자정으로 가는 전차를 타야 했으나 그는 어쩐지 걷고 싶었다.

바람이 불되 오월의 바람처럼 변덕스럽지도 않고, 또 겨울바람처럼 광폭하지 않아서 좋았다기보다 얼굴에 닿아 조금도 차지 않으나 그러나 추억처럼 싸늘한 가을바람은 또한 추억처럼 다정하기도 해서 그는 정다웠다.

조금 후 그는 경복궁을 끼고 올러 걷고 있었다. 물론 이 길로 자꾸 가노라면 오늘 정예가 약속한 장소가 나오는 것을 그는 모르는 배 아니나, 거진 한 시간 반이나 넘은 지금까지 여자가 기다리고 있으리라고는, 더욱 자기로서 이것을 기대하고 이 길을 잡은 것은 결코 아니다. 그저 무료해서 지향 없는 발길이었고, 또 소란한 길보다 호젓한 길을 취한 것뿐이다.

그는 되도록 담 밑으로 닥아 효자정으로 넘어가는 돌층대를 밟으면서 다시금 자기 마음을 의심해 본다. 생각하면 이제 이다지 지향 없는 마음의 소치가 기실 정예에게 있는지도 모르기 때문이다.

하기야 정예가 아내와 가장 친했던 동무란 점에서 혹 정예로 인해 아내를 생각게 될 수도 있을 게고, 또 전에라도 그는 이렇게 아내를 생각게 되면 곧잘 지향 없어지는 것이 버릇이었지만 이렇다고 한대도 이제 정예로 인해 아내를 생각게 된 것이 정말이라면 어쩐지 그는 죄스럽다. 설사 이곳에 아무리 꺼림 없는 대답이 있다 친대도 그는 웬일인지 이것으로 맘이 무사해지지가 않는다.

생각이 이렇게 기울수록 그는 마음속으로 막연한 가책까지 느끼는 것이었으나, 그러나 알 수 없는 것은 이와 동시에 거의 무책임하리만큼 자꾸 어두워지려는 자기 마음이다.

마침내 그는 달리듯 층대를 밟기 시작했다.

그러나 길이 차차 말쑥한 신작로로 변해왔을 때 역시 그의 눈은 자기도 모르는 사이에 경무대 쪽 솔밭길을 더듬었다.

물론 정예가 있을 리 없다.

그는 처음부터도 그러했고 또 솔밭 쪽으로 눈을 가져갈 순간에도 그곳에 정예가 있으리라고는 아예 생각지 않았으나 순간 이상하게도 일종 열없는 정이 이제 막 층대를 급히 달린 피곤을 한꺼번에 몰아온 것처럼 그는 끝내 제법 잡초가 우거진 솔밭에로 가 자리를 잡고 말았다.

　이상한 피곤과 함께 일종 자조적인 허망한 심사를 겪으면서 그는 담배를 꺼내 불을 붙였다.

×

　벌써 사 년 전 일이다.

　어느 날 그는 모유가 부족한 데 돼지 발이 좋다는 말을 어떤 친구에게서 들었는지라 사社엘 나오는 길로 곧 태평통을 들러 이것을 찾아봤으나 마침 있지 않았다. 그래서 돼지 발도 돼지고길 바에야 살점인들 어떨 게냐고 살코기 두 근을 사서 들고는 바른길로 집으로 왔다. 그랬는데 마침 안방에 손님이 온 모양 같아서 고기는 심부름하는 아이에게 준 후, 자기 방으로 들어오고 말았다.

　곧 아내가 건너와서 그는 지금 온 손님이 바로 정예라는 여자인 줄을 알았다.

　그는 이 여자와 전부터 안면이 있는 건 아니다. 단지 평소 아내가 입버릇처럼 뭐고 칭찬을 많이 했고 또 흔히 부부간 말다툼이라도 있든지 혹은

뭐가 맛 같지가 않아서 짜증이라도 날 땐 곧잘

"나도 정예처럼 공부나 헐걸⋯⋯"

하고 애매한 말을 해서 정말 그의 골을 올려준 적이 한두 번이 아니었기에 그는 정예가 뉘 집 딸인데 무슨 학교를 다니는 것까지 또 그 얼굴이 검고 흰 것까지 키가 작고 큰 것까지 적어도 아내가 전하는 바 그대로는 제법 살피살피* 다 알고 있는 터이다.

그가 자기 방에서 혼자 저녁을 치른 후 신문을 들치고 있으려니 무슨 영문인지 제법 번거로운 웃음을 터놓으면서 아내가 문을 열었다.

왜들 야단이냐고 그가 물어볼 나위도 없이,

"손님 오신대요."

하고, 아내가 들어선다. 뒤를 따라 정예도 들어섰다. 그는 하도 아내가 자랑한 끝이라 어째 좀 당황하기도 했으나 또 달리는 하도 많이 칭찬을 했기에 더 침착하게 일어나 맞은 셈이다.

과연 처음 보아 아내가 말한 그대로 별로 틀림이 없었다. 살빛은 그리 흰 폭이 아니었으나 무척

---

 * 틈의 살피마다 모두.

결이 고왔고 더욱 눈이 이상한 광채를 뿜는 것처럼 몹시 총명한 느낌까지 주었다. 단지 그가 상상한 바와 다소 어긋난 점이 있었다면, 그는 막연하게 정예란 여자도 자기 아내처럼 섬약하고 천진해서 그저 귀여운 여자일 게라고 생각했던 것이 정예는 아내보다 훨씬 그늘이 있는, 뭔지 꽤 맹렬한 일면이 있을 것 같은 것이 첫째 달랐고 또 조금도 천진하지 못한 느낌이었다.

그가 처음 받은 인상이 이러했고 또 이래서 그도 제법 옷깃을 여미어 정색하고 대한 때문인지는 몰라도 아무튼 두 사람은 터놓고 무슨 이야기를 나누지는 않았다. 그저 몸이 편찮아서 귀향했다는 아내 말에,

"그 안됐습니다, 빨리 치료를 하셔야지요."

하고 그가 말을 받았을 정도였다.

이날 정예가 돌아간 후 아내는 그의 별미쩍은* 곳을 나무랐다.

"왜 그렇게 재미가 없대요? 그 애가 남의 남자하고 인사나 하는 줄 아우, 남 기껏 소갤 해놓으니까

---

* 말이나 행동이 어울리지 아니하고 멋이 없다.

이야기 한마디 없이 옆에서 딱하다니 난 첨 봤어,
이제 걔 우리 집에 다신 안 올 테니 난 몰루."

하고는 거반 화를 내다시피 했다.

처음 만난 사람하고 무슨 이야기가 그렇게 많아
야 하느냐고 암만 말을 해도 아내는 영 듣지를 않
았다. 이래서 결국은 별 대단치도 않은 동무 가지
고 왜 야단이냐고, 짐짓 핀잔을 주게 되었고 이리
되자니 아내는 뭐가 더 억울한 것처럼 더욱 자랑
을 늘어놓은 셈이다.

본시 여자란 이야기를 내놓기 시작하면 나중엔
흔히 제바람에 넘어가기가 쉬운 것인지 아내도 처
음엔 얌전하다느니 재주가 있다느니 또 몹시 다정
한 사람이라는 둥, 그야말로 순전한 자랑만이던 것
이 차차 웬만한 남자는 바로 보지도 않는다는 둥
가령 누구를 사랑할 경우라도 무사한 편보다는 까
다로운 편을 택하는 성격이라는 둥 아무튼 본인을
위해 하지 않아도 좋을 말까지 삼갈 줄을 몰랐다.
이래서 그도 제법 코대답으로 듣긴 했으나 끝내,

"그 대단한 여자로군."

하고 피식이 웃기까지 했다.

이 모양으로 기껏 아내의 자랑으로부터 새로이

얻은 지식이란 불행히 그에게 별 보람이 없어서
결국 그리 유쾌치 못한 취미를 가진 위태로운 여
자로밖엔 별로 남을 게 없었다.

이런 일이 있은 후에도 아내는 이따금 그에게
탓을 했기에 나중엔 그도,

'정말 안 오나 보다.'

하고는 일종 우습게 섭섭한 것 같은 혹은 미안
한 것 같은 생각을 가지기도 했으나 아내의 예상
한 바와는 달리 그 후 며칠이 못 가 정예는 다시 왔
던 상싶다.

차차 신록이 짙어오고 꽃이 피고 할 때쯤 해선
그도 두 사람 틈에 끼어 제법 어깨를 나란히 하고
거리를 돌아다닌 적이 한두 번은 없지도 않았으나
그는 역시 무심하려 했다.

정예는 처음 받은 인상과 같이 비교적 과묵한
편이었다. 조금도 명랑하지 않을뿐더러 몸이 성치
않아 그런지는 몰라도 이따금 이상하게 허망스런
얼굴을 가지기도 해서 이것이 그의 일종 퇴폐적
인 애착을 끌기도 했으나, 그러나 어쩐지 이러한
한 꺼풀 밑엔 짙은 원색과도 같은 꽤 섬찟한 무엇
이 꼭 있을 것만 같았다. 그가 우정 저편의 존재를

무시한 때가 정예에게서 이러한 것을 본 때이기도
하지만 아무튼 그는 이 분명히 무슨 허방이 있을
것 같은 근역엔 역부러 가까워지기를 꺼려했다고
지금도 생각한다.

어느 날 아내는 저녁을 치르자,

"요번 일요일엔 영화 구경 갑시다."

하고 그에게 말을 했다.

그는 아내의 이 말에서 아내가 또 정예와 같이
가자는 게라고 생각을 하면서,

"무슨 일로 줄창 같이 다녀야만 해?"

하고는 제법 아내 말에 퇴박을 주려니까 아내는
이날도 뭔지 불평을 품은 채,

"그 같이 좀 다니면 무슨 지체가 떨어지우? 관두
시구려, 우리끼리 갈 테니."

하고 끝내 뾰로통했다. 이래서 아내는 우정 정
예에게 엽서를 내는 모양이었으나 다가온 일요일
날 정예는 웬일인지 오지 않았다.

"얘가 웬일일까?"

하고 기다리는 아내 말에

"그 잘됐군."

하고 놀려주면서 그도 이날은 종일 집에서 해를

보낸 셈이다.

이튿날 그가 사엘 나가니 웬 낯선 글씨의 편지 한 장이 다른 편지들과 섞여 있었다. 다시 한번 살펴봤으나 역시 잘 모를 편지였다.

그는 우정 맨 나중으로 편지를 뜯었지만 편지는 그가 처음 막연히 예감한 바 그대로 정예에게서 온 것이 분명했다. 그러나 내용은 별게 아니어서 잠깐 상의할 말이 있어 만나고 싶단 것과 몸이 불편해 찾아가지 못한다는 것을 말한 후 만날 장소와 시간을 알린 극히 간단한 편지였다.

처음 그는 대뜸 그리 유쾌치 못했다. 그러나 뭘 불쾌히 생각기엔 너무 수월하게 말한 기탄없는 편지였기에 차라리 까다롭게 생각하려는 자기 마음이 되려 쑥스러운 것 같아서 나중엔 자기도 여게 되도록 평범하려 했다.

이날 집에 돌아와서도 그는 아무렇지 않은 양,

"당신 동무한테서 편지 왔습디다."

하고 편질 내놓으면서 마치 아내에게 온 편지나 전하듯 무심하려 했다.

아내는 자기에게 온 것이 아닌 줄 알자, 좀 의아한 듯이,

"무슨 일일까, 신병에 대한 이야긴가?"

하고 의심쩍어하는 것을 그가 우정,

"병에 대한 거라면 의사가 있지."

하고 말을 받으려니까,

"아무튼 어째서 편질 했든지 그 애로서 할 만해
서 했을 테니까 가보시구려."

하고 아내는 역시 동무의 편역*을 들었다.

이래서 그는 마음속으로 아내는 아직 한 사람의
여자로선 너무 어리다는 것을 느꼈고 또 이처럼
어린 아내의 순탄하고 단순한 마음씨를 이제 자기
로 앉아 이대로 받아서 옳으냐 그르냐는 것은 둘
째 문제로 아무튼 이날 그는 이렇게 되어서 정에
를 만나려 간 것만은 사실이다.

그가 전차를 내려서 정예가 기다리고 있을 본정
통 어느 찻집엘 들어섰을 땐 거진 여덟 시가 가까
워서다.

정예는 들어가는 초 옆 왼편에 자리를 잡고 앉
아 있었기에 쉽사리 알아볼 수가 있었으나 어쩐
지, 처음 그래봐서 그런지는 몰라도 편지와는 좀

---

* 역성. 옳고 그름에는 관계없이 무조건 한쪽 편을 들어주는 일.

달라서 정예는 약간 당황한 듯이 인사를 했다.

그도 별말 없이 인사를 받았으나 기왕 왔을 바에야 설사 저편이야 어떤 태도로 나오든 자기만은 되도록 그야말로 기탄없이 대해야 하겠다고 생각하면서 그는 먼저 몸의 형편을 물은 후 아내도 몹시 염려한다는 것과 그래서 오늘 같이 나오려다 못 왔다는 이야기를 제법 무관하게 늘어놓은 셈이다.

이랬는데도 정예는 웬일인지 이러한 이야기엔 별 흥미가 없다는 것처럼 그저 허투루 네, 네, 하고 대답할 뿐 무슨 이렇다는 이야기를 먼저 꺼내진 않았다. 이리되면 누가 만나자고 한 사람인지 알 수가 없어진다.

그가 차차 말을 잃고 거반 싸늘히 식은 찻잔에 다시 손을 가져갈 무렵 해서 여자는

"나가실까요?"

하고 별안간 말을 건넸다.

그는 얼결에

"네."

하고 대답을 했으나 본정통 입구를 돌아 나오면서 그는 다시금 의아하지 않을 수 없었다. 그러나 이렇다고 뭘 내색할 수도 없었으므로 그저 지망을

잃은 채 덤덤히 여자를 따라 걸었다.

두 사람이 남대문통으로 해서 부청 앞 넓은 길을 잡고는 다시 광화문통을 바라보고 걷기 시작했을 때 그는 끝내,

"내게 무슨 얘기가 있었어요?"

하고 물어볼 수밖엔 없었다.

정예는 잠깐 주저했으나 인차,

"얘기 없었어요."

하고 비교적 똑똑하게 대답을 했다.

두 사람은 다시 잠자코 걷기 시작했다.

그는 속으로 다시금 이상한 여자라고 생각했다. 그러나, 이러한 때 느껴지는 이상한 여자란 분명히 존경할 수 없었음에도 불구하고 이 '이상한 여자'는 끝내 그의 이상한 호기심을 일으켰던 것이고, 또 이 호기심은 지금까지 가져온 그 마음의 어느 까다로운 일부분을 헐어버린 것처럼 그는 다시 말을 이었다.

"하실 말씀이 있다고 편질 내시고서……"

하고 짐짓 건너다보려니까,

"거짓말이에요."

하고 대답하면서 여자는 태연했다. 이리되면 다

음으로 물을 말은 "왜 거짓말을 했느냐"는 것이겠
으나 그는 어쩐지 이 말을 얼른 물을 수가 없었다.

광화문통을 지나 거진 총독부 앞까지 왔을 때
"전차를 타느냐?"고, 그가 물으니까 정예는 그냥
걸어가겠다고 대답했다. 효자정에 집을 둔 그는
가회정으로 가야 할 정예를 앞에 두고 잠깐 망설
이지 않을 수 없었다. 이것을 정예도 알았던지,

"전 산으로 해서 가겠는데, 별일 없으시면 같이
산으로 해 가시지요."

하고 말을 했다. 역시 전날 편지로 말할 때처럼
예사로운 투다.

그는 조금 전부터도 그러했지만 이 여자의 어떠
한 태도에든 자기도 되도록 예사로우려고 하면서,

"그래도 좋습니다."

하고는 쉽사리 대답했다.

경복궁 긴 담을 끼고 삼천동을 들어 가회정으로
넘어가는 널따란 길을 걸으면서도 두 사람은 별로
말이 없었다. 그는 이따금 우습게 역해오는 감정
을 느끼기도 했으나, 그저 하는 대로 두고 볼 작정
이었다.

길이 변해서 가회정 쪽으로 기울어질 때쯤 해

서,

"이젠 혼자 가도 괜찮습니다."

하고 정예가 돌아섰다.

그도 그저 그러냐는 것처럼 따라 걸음을 멈췄으나 한순간 이상하게 어색한 분위기를 느끼며 그냥 서 있으려니까,

"괜히 고집을 부려서 미안합니다."

하고 정예는 그 약간 허망한 투로 말을 했다.

그는 잠자코 있을까 하다가 이러한 경우에 '고집'이라니 생각할수록 하도 용하고 재미있는 말이어서

"왜 그런 고집을 부렸소?"

하고 우정 물어본다. 그랬더니,

"이상허세요?"

하고 정예가 다시 물었다.

그는 정예에게 배워서 자기도 일견 솔직한 체

"네."

하고 대답해본다. 그러나 의외에도 이 말에 정예는

"나뻐요."

하면서 거반 쏘아보듯 그를 쳐다봤다. 그는 이

애매한 말에서 희한하게도 지금 정예가 자기를 나
쁜 사람이라고 비난한단 것을 곧 알아챘으나 얼결
에 자기도 모를 말을,

"글쎄올시다."

하고는 능치지 않을 수가 없었다.

지금 생각해도 이때 정예에게 당한 꾸지람은 참
억울한 것이다.

그는 이날 밤 돌아와 자리에 누워서도 정예와
주고받은 말이 좀체 사라지지 않았다. 아무튼 이
상한 여자인 게 제 말을 비춰서 본다면 결국 석재
로 인해서 정예 자신이 어떤 박해를 당코 화를 입
고 말 것이라는 것인데, 이처럼 모든 것을 미리 잘
알 바에야 뭐 하러 이런 방식으로 굳이 제 손으로
함정을 팔 게 없다. 얼른 생각해서 무슨 성격이 이
런 성격이 있을 것 같지도 않고, 또 장난이라면 이
건 너무 정도를 넘어 고약하다.

'두고 보리라……'

그는 결국 이렇게 생각한 후 이런 형태로 내달
은 여자라면 응당 머지않아 다시 말이 있으리라
짐작했다.

그러나 그 후 정예에게선 웬일인지 일체 소식이

없었다. 한 주일이 지나고 한 달이 지나고 해도 전연 소식이 없었다.

그는 이상하게 궁금해지는 심사를 겪지 않는 바도 않았으나 역시 두고 볼 일이었다.

×

일 년이 지나갔다.

그동안 두 부부는 정예가 결혼을 하고 다시 이혼을 했다는 소식을 들었으나 그런 일이 있은 다음부터는 그도 아내도 정예 이야기를 꺼내진 않았다.

그랬던 것이 단 한 번 아내가 죽기 전 어느 비 오는 날 밤에 아내는 별안간,

"정예 못 봤어요?"

하고 물은 적이 있다. 이때 그는 어쩐지 맘이 몹시 언짢았다.

여지껏 한 번도 그에게 묻지 않은 것을 봐서 아내에겐 제일 묻고 싶었던 말인지도 모르고 또 그처럼 꺼리는 말을 이제 하게 되는 것이 어째 불길한 증조 같기도 해서 그는 우정 아내 옆으로 가까이 가,

"보다니 어디에서 봐?"

하고 됩데* 물어보면서

"봤으면 내 얘기 않었을라구."

하고는 웃어 보였다.

"혹 길거리에서라도 못 봤나 해서."

하고 아내도 따라 웃었으나, 이때 그는 뭔지 아내에게 몹시 잘못한 것 같은 생각이 앞을 서서,

"그깟 이야기를, 무슨 그따위를……"

하고는 자기도 모를 말을 중얼거렸다. 그리고는 창 옆으로 가 담배를 집었다. 밤은 옻칠한 듯 검고 비는 쉴 새 없이 내리고…… 이따금 동병실로 가는 간호부들의 바쁜 걸음이 더 기막히게 싫은 밤이었다.

아내는 그가 뭐라고 하든, 정예와 커온 여러 가지 그리운 기억을 혼자 속삭이듯 도란도란 이야기하면서,

"그래도 걔 착한 데 있다우, 다음 만나건 다정히 하세요."

하고 말을 해서 그는 끝내 화를 내고 말았다.

* 도리어.

×

거진 땅거미가 잡힐 때쯤 해서 그는 풀밭을 일어섰다.

어떤 일본인 노인이 손자뻘이나 되는 어린애를 앞세우고 제바람에 꼬리를 물고 달리는 점박이 삽살개를 놀리며 저리로 가는 게 보인다.

그는 어린아이의 뒷모양에서 지금쯤 라디오 가게 앞에서나 우체통 앞에서 할머니를 따라 놀고 있을 아들 영이를 생각하면서 그대로 걷기 시작했다.

그러나 이날따라 영이는 라디오 가게 앞에도 우체통 앞에도 놀고 있지 않았다.

그가 새로이 아버지다운 불안을 안은 채 총총히 집엘 들어서려니 의외에도 어머니가

"애 손님 오셨다."

하고 마주 나왔다.

뒤를 따라 정예가 영이를 안은 채

"이제 오세요?

하고 인사를 한다.

그는 한동안 어이없는 채, 그저 보고만 있었으나, 옆에 어머니 역시 어리둥절해 있는 것을 느끼자

"여길 오셨군요. 언제 오셨어요?"

하고 그도 인사를 한 셈이다.

두 사람은 어머니와 영이를 사이에 두고 같이 저녁을 먹고 이슥하도록 놀았으나 정예가 어머니와 아내의 이야기를 했을 뿐 별로 말을 나누진 않았다.

마침내 어머니가 영이를 재우겠다고 안방으로 건너가신 후 방 안은 더욱 거룩한 분위기에서 그는 뭐고 말을 나누고도 싶었으나 대체나 할 말이 없었다.

정예 역시 이러했던지 결국 이야긴 그가 먼저 꺼낸 셈이다.

"낮에 편질 받고 마침 급한 일이 생겨서 미안하게 됐습니다. 이살 해서 집을 모르실 텐데 어떻게 찾았습니까?"

하고 물어봤더니 정예는, 어제서야 죽은 아내의 소식을 듣고 그 전 집으로 갔다고 하면서

"걔가 어떻게 그렇게…… 무슨 일이 그런 일이……"

하고는 석재가 먼저 무슨 말이든 꺼내기를 기다렸다는 것처럼 정예는 제 말을 시작했다. 어디까

지 띠금띠금 끝을 맺지 못하는 정예 말에서 그는 지금 정예가 아내의 죽음을 대단 슬퍼한다고 생각하면서 자기도 말을 잃은 채

"글쎄올시다."

하고만 있으려니까,

"오늘도 관둘까 하다가……"

하면서 여자는 눈물이 글썽한다.

그는 자기도 어쩐지 맘이 언짢아지려고 해서 그저 잠자코 있었다.

조금 후 정예는 죽은 사람이 뭐고 제 말을 하지 않더냐고 물었다. 그래서 했노라고 대답했더니 뭐가 몹시 언짢은 것처럼 정예는 끝내 울고 말았다. 소리를 내어 우는 것도 느끼는 것도 아닌 그저 무릎을 세우고 앉은 채, 잠자코 울었다. 다행히 그는 정예의 이마를 고인 두 손이 눈을 가렸기에 마음 놓고 여자의 얼굴을 바라볼 수 있었지만 지금껏 그는 이처럼 마구 쏟아지는 눈물을 본 적이 없다. 그러나 턱으로 뺨으로 함부로 쏟아지는 눈물에 비해, 손끝 하나 움직이지 않는 싸늘한 태도가 어쩐지 여자의 알지 못할 운명 같기도 해서 부지중 그는 얼굴을 돌리고 말았다.

과연 여자의 울음은 단지 벗을 잃은 슬픔만은 아닌 듯했다.

그는 뭔지 자기도 점점 어두워지는 마음을 그저 잠자코 있을 수밖에 도리가 없었으나 다른 한편으론 이러고 앉아 있는 동안 그는 일찍이 가져보지 못한 이 여자에 대한 야릇한 불만과 비난의 감정을 어떻게 수사해야 좋을지를 몰랐다.

다음 순간 그는 어떻게 됐든 좌우간 아내로 인해 울기 시작한 이 여자의 울음을 이대로 두고 오래 당하기는 정말 견디기 어려운 노릇이었다. 이래서 생각한 나머지,

"너무 언짢아 마십시오…… 소용없는 일을. 그보다도 그간 뭘 하고 계셨기에 그처럼 뵐 수가 없었습니까?"

하고 말을 해봤다. 그랬더니 과연 이 약간 조소적인 말의 효과는 적실해서

"시골 가 있었어요."

하고 대답하는 정예는 그처럼 몹시 울지는 않았다.

"그래 시골서 뭘 하셨기에…… 서울엔 언제 오셨소?"

하고 그가 다시 물어봤더니 여자는 그저 시무룩

이 웃을 뿐 잠자코 있었다. 순간 그는 자기의 이러한 물음에 능히 웃어 대답할 수 있는 그 마음의 상태가 좌우간 싫었다. 그는 끝내 이상한 미움을 느끼며

"그간 이야기나 좀 들읍시다."

하고 짐짓 건너다봤다. 그랬더니 여자는,

"다 아시면서……"

하고 여전 같은 태도다. 이래서 그는 끝내 몹시 타락한 여자라고 생각을 했고 또 이렇게 생각이 들었기 때문에 차라리 이 여자에게 너그러우려고도 했으나 그러나 어쩐지 이보다는 뭔지 불쾌한 감정이 앞을 서서 그는 자기도 모르게,

"하도 호사스런 얘기가 돼서 원……"

하고 제법 피식이 웃고 말았다.

과연 정예는 많이 변했었다. 첫째 빛깔이 핼쑥한 정도로 희어졌고 성격도 훨씬 달라진 것 같아서, 전처럼 과묵한 인상을 주지도 않았다. 그 대신 전보다는 사뭇 품위가 없고 무게가 없어 보였다.

한동안 말을 잃은 채 앉아 있었으나 다음 순간 그는 우연히도 눈이 정예와 마주치고 놀라지 않을 수 없었다.

여자는 두 손을 무릎 위에 올려놓은 채 그냥 눈이 퀭해서 맞은편 벽을 보고 앉아 있었으나 여자의 이 버릇 같은 허망한 얼굴이 만일 전날의 것이 일종 건방져서 사치한 것이었다면 지금의 것은 이것과는 훨씬 달라서 어쩐지 처참했던 것이다.

인차 정예는

"가겠어요."

하고 일어섰으나 그는 역시 말을 잃은 채 덤덤히 앉아 있었다. 그러나 조금 후 안방으로 건너가 어머니에게 인사를 하고 잠이 든 영이를 들여다보고 할 때의 정예 얼굴은 그가 의아하리만큼 조금 전과는 사뭇 달라서 일견 명랑해 보이기까지 했다.

그는 다시금 불쾌했다. 조금도 성실치 못한 그저 경박하고 방종한 성격의 표현 같기만 해서 일종 증오에 가까운 감정이 없지 않았으나 역시 좀체로 사라지지 않는 것은 조금 전 그 알 수 없는 얼굴이었다. 뭘 후회하는 얼굴이라면 좀 더 치사해야 하고, 이것도 저것도 아니라면 훨씬 더 분별이 없어야 한다.

'후회하지 않는 얼굴…… 싸늘히 밝은 눈으로 행위했고, 그 눈으로 내일을 피하지 않는 얼굴……'

그러나 이렇기엔 좀 더 순되게 절망해야 할 것 같았다.

그는 여전 갈피를 잡지 못한 채 정류장까지 정예를 따라 나온 셈이다.

그러나 전날처럼 여자가 굳이 이끈 것도 아닌, 오히려 정예는 몇 번 사양까지 했으나 그역* 뭘 그렇게 모질게 굴 흥미도 없어서 그저 먼 곳에 와준 손님을 대접하듯, 만일 여자가 전일처럼 산으로 해서 가겠다면 태반 바래다라도 줄 셈으로 그대로 경무대 앞길을 들어 걷기 시작했다.

차차 길이 호젓해올수록 정예는 방 안에서보다 훨씬 말이 많아졌다. 이따금 기탄없는 태도로 지내온 이야기를 하기도 하고 또 때로는 제법 가벼운 기분으로 제가 생각하는 바를 토로하기도 해서 흡사히 그것이 죽은 아내가 생전에 자기를 대하던 그 솔직하고도 단순한 태도 같기도 해서 그는 오히려 싫은 생각이 들기도 했다.

그러나 나중에 정예는 점점 꽤 못 할 말까지 삼갈 줄을 몰랐다.

* 그것도 역시.

"연앨 많이 하는 여자는 사실 한 번도 연앨 못 해 본 여자인지도 몰라요."

하고 말을 하는가 하면 또

"단 한 사람의 자기 사람을 잃어버린다는 건 큰 약점이에요."

하고는 얼른 들어 상구 모를 말을 그대로 소근 거리기도해서 꼭 딴사람 같았다.

그가 듣다가 못해서

"그렇다고 숱한 연애를 할 건 뭐요?"

하고 물어봤더니 여자는 더 뭔지 하염없는 태도로

"쓸쓸하니 말이지…… 사랑하기만 하면 백년 천 년 보지 않아도 된다는 건 거짓말이었어요."

하고 잠깐 말을 끊었다가는 다시

"참는단 건 자랑이 있는 사람의 일일 게고, 또 자 랑이 없는 사람은 외로워서 쓸쓸할 게고 그 쓸쓸 한 걸 이겨나갈 힘도 없을 게고…… 그러니까 결국 아까 말한 그런 약점이란 어리석은 여자에겐 운명 처럼 두려운 것이에요."

하고 혼잣말처럼 사분거리기도 했다.

그는 '쓸쓸하니 말이지……' 하고 말하는 여자의 음성에서 이상하게 일종 측은한 정을 느끼며 그냥

잠자코 있으려니까

"사람을 진정 좋아하는 마음이란 그리 수월치가
않아서 무작정 보고 싶으니 말이지…… 여기에 거
역하자면 저를 상칠*밖에 도리가 없으니 말이지."

하고 정예는 여전히 같은 태도로 이야기를 계속
했다.

그는 여자의 이러한 대담한 이야기가 일종 징하
게 느껴졌다거나 반대로 무슨 감동을 주었다기보
다도 흔히 서양 여자들에게 많다는 무도병舞蹈病**
이란 병처럼 이 여자에게도 무슨 고백병告白病이
라는 게 있지나 않나 싶어서 차라리 의아할 정도
였으나 역시 한편으론 언젠가, '걔는 제가 남을 사
랑할 때라도 무사한 편보다는 까다로운 편을 취하
는 성격이래요' 하던 아내의 말이 생각나서 어쩐
지 한 소녀의 당돌한 욕망이 이보다는 훨씬 사나
운 현실에 패한 그 폐허를 보는 듯해서 싫었다.

얼마를 왔는지 길이 삼가람으로 된 곳에 이르자

"이리로 해서 전차를 타겠어요."

* 상치다. 상하게 하다.
** 얼굴·손·발·혀 따위가 뜻대로 되지 않고 저절로 심하게 움
직여, 마치 춤을 추는 듯한 모습이 되는 신경병.

하는 정예 말에 그는 비로소 얼굴을 들었다. 그
러나 의외에도 눈물에 마구 젖은 여자의 얼굴에
그는 다시금 놀라지 않을 수 없었다.

정말 생각지 못한 일이다. 그는 처음부터 여자
가 울면서 이야기를 했다고는 암만해도 믿어지지
가 않았다. 그는 여자가 새로이 알 수 없어지는 한
편 이상하게도 맘이 무거워짐을 느꼈다.

두 사람이 피차 말을 잃은 채 경복궁 긴 담을 끼
고 거진 반이나 내려왔을 때다.

정예는 다시 말을 이었다.

"인생이란 어떤 고약한 사람에게도 역시 소중하
고 고귀한 것인가 봐요. 아무리 가혹한 운명이라
도 이것을 완전히 뺏지는 못하나 봐요. 죽기 전 꼭
한번 뵙고 싶었어요. 뵙고는 젤 고약하고 숭 없는
나의 이야기를 단 한 분 앞에서만 하고 싶었어요."

하면서 역시 아까와 같은 어조로 도란도란 이야
기했다.

그는 머리를 숙인 채 마음속으로 지금도 정예가
울면서 이야기를 할 게라고 생각했다. 뭔지 더 참
을 수가 없었다. 당장 손이라도 쥐고 숱한 이야기
를 하고도 싶은 이상한 충동을 순간 느끼는 것이

었으나 역시 뭐라고 표현할 말이 없었다.

그는 끝내

"얘기 관둡시다…… 내가 고약한 사람일 거요. 그리고 당신은 숭 없지도 아무렇지도 않소."

하고는 뭔지 자기도 모를 말을 중얼거렸다. 그러고는 비로소 처음으로 여자의 얼굴을 정면으로 바라보았다.

그러나 여자는 그의 말을 조금도 믿지 않았다. 믿지 않는 것을 그는 여자의 얼굴에서 보았다.

길이 거반 끝날 때쯤 해서 두 사람은 꼭 같은 말로,

"또 뵙시다."

"또 뵙겠어요."

하고 마지막 인사를 주고받았으나 전차가 떠날 때쯤 해서 어쩐지 그는 다시 정예를 못 볼 것만 같았다.

그는 자기도 모르는 사이 초조한 걸음으로 몇 발자국 앞으로 내달며 제법 커다랗게 여자를 불러봤다. 그러나 이미 정예가 알 턱이 없었다.

마침내 그는 오던 길을 향하고 발길을 돌이켰다. 정말로 지루한 걸음이었다. 이날 들어 벌써 세

번째 오르내리게 된 꼭 같은 길은, 그 나가자빠진
꼴하고 천상 엄흉하기 짝이 없었다.

그가 여전 참기 어려운 역정을 품은 채 돌층대를
반이나 올라왔을 때다. 드디어 그는 마음속으로,

'정예는 제 말대로 흉악할지는 모른다. 그러나
거지는 아니다. 허다한 여자가 한껏 비굴함으로
겨우 흉악한 것을 면하는 거라면 여자란 영원히
아름답지 말란 법일까?'

하고 중얼거렸다.

그러나 다음 순간 눈앞엔 어느 거지 같은 여자
보다도 더 거지 같은 딴것이 싸늘한 가을바람과
함께 그의 얼굴에 부딪쳤다.

《조광》, 1941. 11.

소설

*

종매從妹
-지리한 날의 이야기

　석희가 집으로 돌아온 지 한 달 반쯤 되었을까,
어느 날 그는 숙모가 전하는 종매＊ 정원의 편지를
받았다. 더욱 의외인 것은 방금 병을 몹시 앓은 어
떤 화가와 함께 운각사라는 절에 나와 있다는 사
연이었다.

　그가 편지를 읽는 동안

　"애야, 어떻게 된 일이냐? 종희가 겉봉을 보구
어느 절간에서 낸 편지라구 하니 그 무슨 일이냐?"

　하고, 참다못해 숙모가 말을 건넸다.

　"운각사라는 절에 나와 있는 모양인데, 무슨 일
로 어떻게 나와 있단 말은 통이 없고, 절 보구 곧 좀
와달라는, 오면은 뭐고 다 알 거라는 말 뿐예요."

　　＊　사촌 여동생.

그는 편지를 접으며 우정 천천히 조용조용 대답을 했는데도 숙모는 펄쩍하였다.

"온 별일두, 그래 몇 년 만에 만나는 오라범인데, 당장 뛰어 못 오구 앉아서 오라범 보구 오라니 그런 버르쟁이가 어디 있단 말이냐?"

그는 딸의 허물을 이렇게 말하는 숙모 마음이 어쩐지 정다웠다. 여기엔 어려서 어머니를 여읜 그로서 원의 어머니인 숙모의 따뜻한 마음을 받고 자라온 소치도 있겠지만 아무튼 시방 숙모의 말이 의미하듯, 석희는 속으로 은근히 자기가 나오기 전 먼저 원이 귀국하여 기다려주리라 믿었었고, 또 이러한 기대가 어그러졌을 때, 몹시 섭섭했던 것도 사실이나 그러나 이제 이렇게 편지를 읽고 보니, 이런저런 논의할 것 없이 대뜸 그리 유쾌한 일이 아니었다. 첫째 사정이야 어떻게 되었든 간, 과년한 처녀가 방학하면 곧 집으로 올 일이지, 더군다나 절간 같은 데서 이런 종류의 편지를 내고달코 하는 것이 도대체 신통치가 못하였다. 그러나 신통치가 못하든 어쩌든, 이를테면 신통치가 못하기 때문에 더욱 그로서는 이대로 앉아 누이의 소행을 가만히 보고 있을 수는 없는 것 같은, 이상

하게 갈라진 심사를 겪으면서, 그는 끝내

"제가 일간 가보기로 하겠습니다. 그 대신 작은
어머니는 누구 보구도 암 말씀 마십시오."

이렇게 잘라서 말을 하였던 것이다.

석희는

"글쎄 말을 하긴 어데다 대구 한단 말이냐. ……
너희 삼촌께서 아시는 날엔 큰 거조가 날 거다."

하고, 무얼 먼저 나서 쉬쉬하는 숙모에게, 우선
집안에서들 이상하게 생각지 않도록 이번 방학엔
시험 때문에 나오지 않는다고 이르라는, 이런 종
류의 몇 가지 부탁을 더 드린 후 돌려보낸 셈이다.

집안에서는 진작부터, 큰형서껀* 어느 조용한
절로 가 몸을 쉬라는 부탁도 있었고 해서 그가 운
각사로 간댔자 아무도 의심할 사람은 없을 것이었
다. 이래서 숙모가 돌아간 후 그는 곧 형수에게 내
일 길 떠날 채비를 부탁한 후 그대로 번듯이 누운
채, 어디에 가닿는 아무런 관련도 없이, 그저 막연
하게 '연애'란 것에 대하여, 찌끔찌끔 생각을 굴리
고 있는 참인데

* ~이랑 함께.

"되련님 옷, 여름 것만 챙겨요?"

하고, 둘째 형수가 들어왔다.

"아무렇게나 하슈."

그러나 형수는 바로 나가는 게 아니라, 옆으로
와 앉으며

"안의 댁 처녀, 되련님 보셨소?"

하고, 은근히 물었다.

그가 약간 어리둥절해서 바라다보려니까

"신식 처녀래두 참 얌전하대요. 미인인데도 요
즘 색시들과는 다르대요."

하고, 건너다보는 것이었다.

석희는 형수가 꼭 원의 일을 눈치챈 것만 같아
서 싫었을 뿐 아니라, 필경 이런 말을 나오게 한 것
이, 방금 자기가 무료히 누워 있은 때문일 거라고
생각이 되자, 이러한 형태로 나타나는 가족들의
호의가 어쩐지 거반 느끼할 정도로 싫었다.

"그러니 그 색시가 어쨌단 말이오?"

이렇게 무뚝뚝한 대답을 하는데도 이 사람 좋은
형수는

"또 괜히 이러시지. 삼십을 바라보는 총각이 그
럼 색시 이야기가 싫단 말요?"

하고, 이번엔 제법 농조로 말을 받는 것이었다.

그는 더 참을 수가 없었다. 물론 색시 이야기가
싫지 않을지도 모른다. 허나 문제는 시방 말을 하
는 사람과, 그 말을 받아들여야 할 사람과의 극히
미묘한 심리적인 어떤 거리에서 오는 야릇한 불쾌
감 때문에, 마침내 그는 눈을 감은 채 자는 척해버
릴 수밖에 도리가 없었다. 형수가 나간 후 그는 정
말 자고 싶어져서 자리를 펴고 드러누웠으나, 그
러나 정작 자려니까 또 잠이 오지 않았다. 머릿속
엔 두서없는 생각이 함부로 떠올랐다. 생각하면
석희가 집을 떠나 있는 동안 현실과 차단된 그 어
두운 생활에서 이따금 마음속으로 제일 다정하게
만난 사람이 있었다면 그건 누이 원이였고, 누이
와 자라난 고향의 기억들이었다.

어느 여름이었다. 내년에 서울 학교를 가야 할
시험 준비를 게을리한다고, 중형∗에게 종아리를
맞은 후 화나는 판에 또 무슨 마음이 내켰던지 작
은댁엘 가서 원이를 데리고 강가로 나온 적이 있
었다. 그때 원이는 얼굴도 예뻤고 또 무남독녀이

∗ 자기의 둘째 형.

고 해서, 참 귀염을 받았다.

석희는 아무리 화가 날 때라도 강가로 나와 천어 川魚 새끼를 쫓고 모래성을 쌓고 하면 그만이었다.

원이를 강변에 앉힌 후 죄고만식한 돌을 주워다 가 앞에 놓아주면서

"오빠가 올 때꺼정 이것 가지고 놀믄 착하지."

하고, 제법 의젓한 수작을 하다가 제바람에 열 적었던지, 다시 선머슴이 된 채 물속으로 뛰어 들 어갔다. 얼마 동안 곤두박이도 하고, 뒤집어뜨기 도 하면서, 한참 재주를 부리는 판인데, 퍼뜩 원이 생각이 나서 그편을 보았을 때다. 웬일일까? 원이 가 있지 않았다. 단걸음에 뛰어나와, 고의춤을 여 미는 듯 만 듯, 사면을 둘러보았으나 보이지 않았 다. 별안간 '원이가 물에 빠졌다'는 생각과 함께, 그 는 그만 으악 소리를 치고 울었다. 뒤미처 방금 물 속에서 죽으려고 하는 모양이 보이고, ……아무래 도 그냥 둘 수는 없었다. 석희는 옷을 입은 채 물속 으로 들어가면서, 자꾸 넘어졌다.

"게 누구 없어!"

하고, 구원을 청하여 한 번 더 사면을 둘러봤을 때다. 아찔아찔 어지러워서 잘 분간할 수는 없었

으나, 까마득한 모래밭 저편, 바로 둑 밑에서 새까만 머리빡이 아른거리는 것 같았다. 원이었다.

원이는 제대로 괴물에서 장난을 치느라고, 생쥐처럼 젖어 있었다.

"너, 너, 여기 있었니? ……여게 있었구나!"

그는 영문을 몰라 쳐다보는 원이를 잡고, 자꾸 흔들며 안아주었다.

돌아올 때, 오라범은 원이가 벌써 업혀 다닐 나이도 아닌데, 죄고만한 도랑이 있어도 업고 건넜고, 또 도랑이 아니라도, 자꾸 업고 갔으면 싶었다. 또 이날 저녁에는 제가 가졌던 좋다는 것이란 죄다 원이를 주고 하였다.

그 후 자라갈수록 두 남매는 의가 좋았을 뿐 아니라 원이 동경으로 오던 해, 불행히 석희가 동경을 떠나야 하던 해였고 보니, 지난 삼 년 동안 석희로서는 원이를 두고 염려한 것이 하나둘이 아니었던 것이다.

×

차가 은주에 닿기는 오정이 훨씬 넘어서였다.

여기서 원이 있는 운각사까지 가려면 다시 자동차로 세 시간가량이나 가야 했다.

그는 별로 시장하지는 않았으나 다소 갈증이 나는 것도 같았고 또 이왕 점심을 먹으려면 이곳에서 치르는 것이 좋을 것 같아서, 역전 큰길 옆으로 화양요리라고 쓴 누르께하게 생긴 이층집으로 들었다.

그랬는데 내부는 바깥과도 사뭇 달라 식사를 하는 곳이라기보다는 훨씬 더 술을 마시는 곳 같았다.

그가 되도록 구석지로 가 앉으려니까, 맞은편 테이블에서 술을 마시고 있는, 눈이 변으로 툭 나온 남자의 시중을 들고 있던 여자가

"게 짱, 오갸꾸 사마*."

하고, 손님이 온 것을 알리었다. 인해 이 층으로부터 인기척이 나더니 콧노래와 함께 게 짱이란 여자가 나타났다.

그는 여자에게 맥주를 청한 후 담배를 붙이고 앉아 있는데, 조금 후 여자가 술을 가져와 따라놓고는 옆으로 와 앉았다. 그런데 여자가 무척 철따

---

* 손님을 높여 이르는 일본어.

구니가 없어 보였다기보다도 입을 호 벌린 채 앉아 있는 모양서껀, 꼭 제정신 빼어 매달아놓고 사는 사람 같았다. 그는 거듭 잔을 비우며 너무 말이 없는 것에 쑥스러운 생각이 들어, 그러니까 쉬운 말로다, 술을 먹을 줄 알거든 먹으라는 격으로, 병과 잔을 여자 앞으로 밀어주었다. 그랬는데 여자가 지금 취했노라고 대답을 해서, 이래서 그는 여자가 역시 취했던 것이라고 생각하면서 식전부터 무슨 술이냐는 것처럼 싱겁게 웃었다. 그랬더니 여자는 소갈찌도 없이 해죽해죽 웃으면서

"모르겠어요, 그저 먹어버렸어요."

하고는 때글때글 웃었다. 이것은 그의 웃음에 대한 비상히 적절한 대답이었다.

석희는 여자의 놀랄 만큼 민감한 것을 느끼며, 일방 이렇게 식전부터 술을 먹는 여자가 보매*에 결코 흉악한 느낌을 주지 않는 것이 오히려 이상하여 여자의 헤일빠즌 말에 연해 실소를 머금은 채 그대로 앉아 있었다.

조금 후에 그는 별다른 의미도 없이, 그러니까

* 겉으로 보기에 또는 짐작으로 보기에.

지나가는 말로다 고향이 어딘가고 물어보았다. 그
랬더니 그저 먼 데라고만 할 뿐 잘 말하려 들지 않
았다.

그는 마음속으로 싱거운 수작이라고 생각하면서

"먼 고향에서 뭘 하러 여기까지 왔소?"

하고, 다시 물어봤다. 그랬더니

"그렇게 되고 이렇게 돼서, 그만 여기까지 왔어
요."

하고는, 그것도 어느 유행가의 곡조 같은 그대
로를 함부로 재잘대면서, 이번엔 변덕쟁이처럼
호, 한숨을 내쉬었다.

석희가 점심 대신 맥주를 마시고 돈을 치를 무
렵 해서

"고향이 어디세요?"

하고, 여자가 도로 물었다.

석희는 순간 이상하게 귀찮은 생각이 들기도 해서

"나도 고향을 잘 몰루."

하고, 대답한 후 곧 밖으로 나왔다.

×

신작로의 손님은 늘 부핀* 모양인지, 자동차는 잠뿍 만원이었다. 뒤 칸에는 옆으로 학생복에 파나마를 쓴 젊은이가 앉고, 그 옆으로 역시 학생 같은 여자가 앉고, 또 그 옆으로는 삼십오륙 세쯤 나 보이는 여자가 앉고, 이렇게 한 칸에 네 사람씩, 차 안은 용납할 틈이 없었다. 그런데 석희는 차가 은주를 떠날 때부터

'저 젊은 여자가 나이 먹은 여자와 동행이 아니었으면……'

하고는, 공연히 초조해하였다. 스스로 참 오지랖이 넓다고 퇴박을 주었으나, 그러나 이러할수록 마음은 자꾸 그리로 다가가, 모르는 결에 고개를 기다랗게 하고, 연상 나이 먹은 여자 편을 살피곤 하였다. 아무리 보아도 이 여자는 천상 뚜쟁이가 아니면 그런 종류의 무엇이다. 그 능청맞고 헤번득스런 얼굴 표정이라든가, 짙게 화장한 솜씨라든가, 또 살빛이 푸르고 기골이 장대한 것까지 모두

* 봄비는.

가 하나같이 빈틈이 없었다. 더욱 이상한 것은, 비단 이 여자 앞에 내려진 이 여자의 생애를, 이 여자의 방식으로 살아온, 어느 '욕된 세월'이 끼치고 간 흉한 흔적뿐만이 아니라 이 여자에게는 어떤 천래의 망측한 혈류가 있는 것만 같았다. 그러나 십 분 이십 분 한 시간, 이렇게 올 때까지, 뒤 칸에 앉은 네 사람은 또 변으로 아무와도 말을 나누지는 않았다.

차가 질령재라는 고개를 타고 쏜살같이 내달았을 때, 비로소 청년이 젊은 여자에게 말을 건넸다.

석희는 모르는 결에 숨을 내쉬며, 차창으로 얼굴을 돌렸다.

차는 어느새 고개를 넘어, 이젠 아득한 평야를 헤치고 달아났다. 들로 가득한 자운영을 바라보며 그는 한 번 더 입가에 싱거운 웃음을 지었다.

"서울 가 닿으면 먼저 어디로 가야 해?"

이번엔 젊은 여자가 말을 건넸다.

"내 하숙으로 가야지."

여자는 더욱 작은 목소리로 다시 뭐라고 말을 건넸으나

"그래도 먼저 그렇게 할 수밖에……"

하는 청년의 목소리 이외는 알아들을 수가 없었다.

석희는 여전히 들을 내다보며

'서울을 가자면 어디로 이리를 해 가나?'

하고, 객쩍은 생각을 해보는 것이었다.

두 젊은이는 뭔지, 저희들이 저지른 일이 아직 힘에 너무 크고 벅차다는 것처럼, 기를 펴지 못한 채 자꾸 딱딱해져서 누가 보아도 모르는 사이 같았다.

거반 운각사로 가는 길목이 얼마 남지 않았을 때쯤 해서 두 사람은 다시 말을 건넸다. 무얼 여자가 언짢아하는 기색이라도 있었던지

"자꾸 그러믄 난 어쩌라구?……"

하면서

"이제 가면 동무도 있고, 뭐구 다 일없어."

하고, 청년이 말을 했다. 순간 청년의 얼굴엔 몹시 순되고 간절한 데가 있었으나 두 사람은 다시 아까와 같이 말이 없어졌다.

어느새 해도 지고…… 소를 몬 마을 애들의 걸음이 빠를 때다. 마을도 산 그림자도 한껏 적막하고, 어설프기만 해서, 바로 나들이 갔던 애들이 불현듯 집이 그리울 때다. 석희는 청년에게 뭐라고 말

을 건네보고 싶어졌으나, 결국 잠자코 말았다.

×

책이 든 작은 가방은 손수 들고 간다 치고도, 큰 것은 부득이 사람을 시켜야 했으나, 원체가 외딴 곳이어서 적당한 사람이 없었다. 좌우간 짐은 주막에 부탁하는 한이라도, 먼저 길을 떠나기로 하였다.

오리목이라는 데서 운각사까지는 다행히 그리 멀지 않았으나, 길을 알려주던 주막집 노인이

"원 길이 험해서…… 어데 혼자 가겠는가요?"

하고, 염려해주었다. 그가

"뭘요, 괜찮습니다."

하고, 말을 하니까

"어데요, 아닙네다. 잘못하다간 초행에 욕볼 겝네다."

하고, 노인이 거듭 만류했다. 또 그로서도 길이 헷갈려 괜한 욕이라도 본다면 부질없는 고집일 것 같은 생각이 없지도 않아서 그대로 우물쭈물하려니까

"내라도 가지요."

하고, 선뜻 노인이 따라나섰다.

석희는 연상 막걸리 냄새를 풍기는 마음씨 좋아
보이는 이 노인이 처음부터 싫지 않았을 뿐 아니
라 더욱 이렇게 동행을 해주는 데는 어쨌든 고맙
지 않을 수가 없었다. 그가 미안하다는 뜻으로 말
을 하니까, 노인은, 절 아래 여관집 주인도 아는 터
전이고 또 중들 가운데도 친지가 있어서, 자고 내
일 아침에 와도 된다는 것과, 전에라도 심심하면
곧잘 절로 올라가 놀다 올 때도 있다고 하면서

"어데 몸이 불편해서 가십니까, 공부를 하려 가
십네까?"

하고 물었다. 그래서 몸도 좀 쉴 겸 구경도 할 겸
왔다고 했더니

"그 좋습니다, 각처에서 해마다 많이 옵네. 한
여름만 에서 나시면 가실 땐 딴사람이 될 겁네."

하고, 연상 자랑을 했다.

두 사람이 꼬불꼬불한 논길과 언덕길을 돌아서
큰 느티나무가 서 있는 데서부터 별안간 물소리가
들리고, 좌우로 산을 낀 으늑한 골짝으로 길이 뚫
어졌다. 초행이라 그런지 고작 오 리 남짓하다던

길이 십 리가 실히 되고도 남는 것 같았다.

석희는 바른편에 시내를 낀 등산길을 바위벽에 새겨진 부처들의 이름과 염불을 지켜보며, 잠자코 걸었다. 차차 골이 깊고 물이 맑아 그런지, 이상하게 생각이 외고질로 쏠리는 것 같았다. 문득 누이의 일이 생각난다. 뒤미처, 저 시커먼 산고비만 돌아가면 원이가 있다는 것과, 자기는 오래지 않아 누이를 만난다는 사실이 똑똑히 알아진다. 그러나 산모롱이를 돌아가면 또 산이 가려 있고, 이 모양으로 절은 좀체 잘 나오지 않았다.

"금년에도 손님이 많이 왔습니까?"

"네, 금년엔 아직 별로 없습네다."

노인은 이편을 보지 않은 채, 깨진 담배통에 성냥을 그었다.

'그래 한 사람도 없어요?'

하고, 그가 물어볼 판인데, 그제사, 노인은

"일전에 웬 학생이 앓는 사람을 데리고 올라갔지요. ……남매간인 모양인데, 그 원 부모나 있는지……"

하고, 혼잣말처럼 중얼거렸다.

그는 '왔구나' 하고, 생각하면서 한편 남매간이

란 말이 어쩐지 유쾌하지 못하였다. 그러나 이것을 노인 앞에 내색할 수도 없고 해서

"병인이 아직 젊은 사람입디까?"

하고 예사로이 말을 건넸다.

"아 젊고말고요. 새파랗게 젊으신 네가 인물도 준수하고 아주 얌전하던데요."

노인은 묻지 않는 말까지 전해주면서, 들입다 왜 그렇게 자세히 묻느냐는 것처럼 바라다보았다. 그는 우정 건너편으로 시선을 옮기며, 잠자코 걸었다.

점점 어두워져서, 근처를 잘 분별할 수 없었으나 차츰 길이 넓어지고, 수목이 짙은 것을 보아, 절이 얼마 남지 않은 것을 알 수 있었다.

과연 몇 발걸음 가지 않아서 불빛이 보이고 인기척이 나고 하였다.

석희는 먼저 절 아래 있는 음식점에 들러, 술이랑 저녁을 노인에게 대접한 후 얼마간 노자를 주고 큰절로 올라왔다.

그는 누이와 만난 후 방을 정하고, 짐을 헤치고 하여, 부피게 굴 것을 피하려고 먼저 중을 찾아 거처할 방부터 정하기로 하였다.

어린 중이 방을 쓸고 훔치고 할 동안 '원이가 혹 뜰에 나와 있지나 않나?' 싶어서 그는 몇 번 주위를 살피고 하였다.

중이 다소곳한 합장으로 편안히 쉬라는 인사를 하고 나간 후, 여구*를 풀어 제자리에 놓고 그는 잠깐 그대로 앉아 있었다. 고대 막 황혼이었건만 주위는 야심한 듯 적요하였다. 석희는 웬일인지, 이 밤으로 누이를 찾아볼 흥이 나지 않았다.

그는 곧 일어나 요를 펴고 다시 베개를 바로 한 후 역부러 손을 가슴 위에 단정히 얹고는 눈을 감았다.

×

아직 창살이 뿌연 새벽인데도 절간으로선 그렇지도 않은지, 오래전부터 늙은 중의 염불 소리가 법당에서 지쳐 나왔다.

뭘 질정한** 것도 없이, 석희는 밖으로 나왔다.

* 여행할 때 쓰는 여러 가지 물건.
** 묻거나 따져서 바로잡다.

　정면으로 대웅전을 끼고 사방 입구자로 된, 절
간이 어젯밤 볼 때처럼 그리 웅장하지도 않았고
또 마당도 그리 넓은 폭은 아니었으나, 바른편 담
장 너머로 대밭이 장관이었다. 그는 절문을 나서
기역자로 꺾어진 정갈한 축대를 밟고 있었다. 상
긋한 약초 내음새를 풍기는 일은 아침 공기가 콧
날이 찌릿하도록 맑았다.

　차차 안개가 걷히고 바른편으로 작은 길이 보였다.

　그는 풀섶을 쫓아 조그마한 석탑에 기대어 잠
깐 걸음을 멈췄다. 맞은편 하늘이 연자홍으로 밝
고, 머리 위에 파르르 작은 새들이 날 때마다 자꾸
손등으로 이슬이 굴러떨어졌다. 이때였다. 맞은편
언덕 밑으로, 바로 길녘에 있는 우물가에 원이 세
수를 하고 있는 것이 보였다. 이번엔 수건으로 얼
굴을 훔치고, 다시 머리를 풀어 매만지고 하였다.

　원이는 삼 년 전에 볼 때나 별로 다를 게 없었다.
여전 목이 가느다랗게 여위어 뵈고 서먹서먹 사람
을 보는 그 눈이 어디론지 지향 없는 것 같았으나,
아직 짙은 색 봄옷을 입고 있어 그런지 얼굴이 몹
시 희게 보였다.

　석희는 여전 움직이지 않은 채, 극히 가라앉은

목소리로 누이를 불러보았다. 그러나, 원이 이 얇은 음성을 가려내지 못한 채, 마지막 축대를 올라섰을 때다.

"원아."

그는 커다랗게 누이를 불렀다.

사흘째 되던 날 아침, 석희는 누이가 만류하는 것을 물리치다시피, 도로 자기 방에서 식사를 했다. 철재라는 화가 방에서 원이와 함께 먹는댔자 다 같은 절밥이지만, 그저 한자리에서 먹자는 것이 두 사람의 희망이었고 또 자기로서도 굳이 이것을 거절할 아무것도 없어서, 그저 되는대로 버려둔 것이었으나, 그러나 누이와 철재라는 사람의 사이가 어떠한 관계이든, 이 두 사람이 지금껏 가지고 온 그 분위기를 자기로서 건드리기가 어쩐지 께름직했다. 이래서 결국,

"번번이 가고 오고, 그 귀찮아서 어디……"

하고, 말을 끊었던 것이다.

청년과 원이 사이는 지난 사흘 동안 보고 느낀 바로는 좀체 요량하기가 어려웠고, 요량하기 어렵기 때문에 더 난처해지는 자기 처신인지는 모르겠으나, 아무튼 아이 중이 밥상을 내어 간 후, 가방

속에 그냥 들어 있는 책들을 꺼내어 여기저기 놓으면서, 이를테면 얼마를 이곳에 있게 되든지 있을 동안은, 자기 생활의 질서를 세워야 하겠다고 마음먹는 것이었다.

바로 원이 들어왔다.

그는 여전 책을 들추면서

"어……"

그저 애매한 대답을 하는데,

"오빠."

하고, 원이 다시 불렀다. 그런데, 이번엔 그 부르는 소리가 어째 간절한 데가 있는 것 같아서 그는 책을 놓으며 누이를 보았다.

원이는 그와 가까이하느라고 굽혔던 자세를 약간 바르게 하며, 오라버니를 바라보았다. 이것은 전부터 원이 항용 사람을 대하는 눈이었다. 이상하게 인정에 부닥치면서도, 몹시 서어한* 듯 서먹서먹 보는 것이 원의 눈이었다. 그러나 이 전일과 조금도 다르지 않은 눈자욱에서 그는 무턱대고, 원이 나를 의심하는 것이라고, 즉 제가 한 바 그 행

---

* 뜻이 맞지 아니하여 조금 서먹한.

위를 내가 비난한다고 생각하는 눈이라고, 이렇게, 대뜸 넘겨짚으면서.

"너 언제부터 날 의심하니?"

하고, 툭 잘라 묻고 말았다.

사실은 이제 누가 의심하는 것인지 모를 일이나, 지금까지 그는 아무리 마음을 짚어본대도, 참 한 번도 누이의 소행을 비난한 적은 없다고 생각한다. 이건, 자기가 삼촌이 아닌 이상, 뭘 도덕적으로 비난할 건덕지도 있지 않았던 것이고, 또 누이란 으레 자라서 제 갈 대로 가는 법인 바에야 가사, 어머니나, 오라버니가 제일이던 그때 누이가 아니라고 해서, 굳이 불평을 품을 모책도 없는 것이었다.

그러나 이제 이렇게 연득없는* 말을 별미쩍게 쑥 내놓고 보니 흡사, 지금껏 애매하였던 어느 마음 귀퉁이에 불만이 한꺼번에 쏟아진 것처럼 그는 다시,

"네가 무슨 짓을 하든, 나를 의심하란 법은 없지 않어?"

하고, 자기도 모를 말을 중얼거렸다.

* 갑자기 행동하는 면이 있다.

원이는 눈이 퀭해서 오빠를 보고 있더니, 이번엔 그 서먹서먹한 눈에 눈물이 글썽해서 얼굴을 떨어뜨렸다.

그는,

'대체 얘가 왜 이렇게 잘 우느냐?'는, 지금까지와는 다른 갈래로 생각을 짚어보면서,

"왜 우니?"

하고, 물었다.

"……"

"말을 해야지 않어?"

그가 한 번 더 채쳤을 때, 원이는 이 말에 대답 대신,

"그분 좋은 이예요."

하고, 말하는 것이었다.

"좋은 이라니? 그래서 운단 말이냐?"

"아무튼 그분 보면 맘이 언짢아요."

"왜?"

"가엾어요."

석희는 잠자코 물러앉아 담배를 붙였다.

원이는 이른바 그 정신적인 데가 있었다기보다도 말하자면 그리 건전치 못한 감상이 있는 것을

그는 전부터 잘 알고 있다. 이래서 이것이 이제 한 사람의 불우한 청년 위에 전적으로 표현된 것뿐이라고 한다면, 이러한 감상이 주관적으로는 어느만한 높이의 것이든, 말든, 아무튼 어느 모로 보나 원이보다는 어른이어야 할 철재로서, 이것을 아무 고통 없이 받아들일 수 있는 점에 대하여 그는 내념內念 가벼운 비난의 감정을 가져보는 것이었다.

잠깐 그대로 앉아 있노라니, 이번엔 맹랑하게도 퍼뜩, 뇌리를 스치는, 내가 선량하지 못한 사람이라는 생각이 꽤 매딥저 모질게 부딛는 것이었다. 이제 만일 누이와 청년의 사이가, 그 소위 연애 관계가 아닌, 단순한 동정에서나 혹은 한 소녀의 '감상'이 얽어놓은 사이라면, 이러한 동정이나 감상이, 반드시 '소녀의 세계'에만 있으란 법도 없는 것이며, 또한 제가 누이를 사랑할 바에야 누이가 동정하는 사람을 저도 동정해서 못쓰란 법도 없다. 뿐만 아니라 만일 이제 철재라는 사람이, 누이로 인연해서가 아니라도 능히 그와 친해질 수 있는 사람이라면, 굳이 누이와 친하다고 해서 그와 못 친하란 법도 없다.

석희는 여태껏 옆에 가까이 가, 말 한마디 다정

히 건네본 적이 없는, 철재라는 화가의 여윈 얼굴
을 눈앞에 그려보았다.

그러고는,

'이렇게 몹시 앓는 사람 앞에, 이렇게 냉정할 수
가 있단 말인가.'

하고, 생각해보는 것이었다.

좌우간 다 그만두고, 방금 원이 가엾다 생각하
면 제일 간단했다. 만일 이러한 것을 '이해'라고 한
다면, 이제 집안에선 자기 이외 아무도 원이를 이
해하고 도와줄 사람은 없지 않은가 싶었다. 이래
서, 결국 그는,

"아무튼 지금 집에선 야단들 났다. 하니까 넌 기
회 보아 집에 다녀오기로 하고 그리고 병인은 내
가 간호해보마."

하고, 잘라 말을 해보았다.

그랬더니, 원이는 아주 날 것처럼 좋아하면서,
병인도 대단히 기뻐할 것이라고 했다.

"남의 총각하고 산속에 와서 울고 하는 색시, 무
슨 색시가 그런 색시가 있어?"

이리되면 그는 우정 웃어 보일밖에 별도리가 없
었다.

×

석희가 철재 방으로 옮아온 지도 벌써 여러 날
되었다. 밤에 물을 떠 오고 우유를 끓여 먹이고 하
면서, 그는 몇 번인지,

'이게 위선이라는 게 아닌가?'

하고, 생각해보는 것이었다. 아닌 게 아니라 어
찌 생각하면 위선인 것도 같았다. 첫째 그가 이리
로 온 후 제일 처음 느낀 것이 있다면, 그건 거반
역정이 나도록 거추장스러워 보이는 철재의 인생
살이였다. 가족도 없고 돈도 없고, 병만 죽어라고
앓고, 세상 이렇게 폐로운* 생애가 있을 수 없었
다. 이리되면 결국 이 사람이 살아가기 위해서는,
사람 상호 간의 지어지는 일정한 부담의 정도를
지나서, 반드시 어떤 타他의 희생이 필요할 것이며
또 이건 결코 그리 용이한 일이 아니었다.

그러나 이제 석희는 모든 것을 이렇게 따져보려
는 자기에게 어쩐지 싫은 생각이 들었다. 이렇게
까다로운 자기가 역시 못 좋은 사람 같은 일종의

* 성가시고 귀찮은.

강박관념이 앞을 서기도 해서다. 이래서, 그저 쉬운 생각으로 병자란 보아주는 사람이 없으면 곤란한 법이고, 또 자기의 이러한 것이 남의 곤란한 때를 살펴주는 마음이 될지도, 또 이러한 마음이란 사람에게 있어 그저 조건 없이 좋은 마음에 속하는 것이라면, 이제 저라고 세상에 났다가 좋은 일한번 해서 못쓰란 법도 없었다. 그리고 또 하나 용기를 주는 것은 철재가 싫은 사람이 아닌 것, 석희 자신 당금에 별로 할 일이 없는 사람이라는 것이었다.

어느 날 밤이었다. 석희는 벽을 향하고 누운 채, 이번엔 철재의 마음을 더듬어보기 시작하였다. 자기가 이 방으로 왔을 때, 철재는 물론 좋아하였다. 그러나 암만해도 이것만으로 그의 마음이 무사하지는 않았다. 그래서 이런저런 생각을 들추고 있는 참인데, 이때 철재도 자지 않는 모양인지 여러 번 몸을 뒤척이고 하는 것이었다.

그는 잠을 자지 않는 상대방이 암만해도 께름칙해서, 끝내 왜 자지 않느냐는 것처럼 돌아다보았다. 철재도 그가 깨어 있는 것이 반가운 것처럼 마주 보았다. 그런데 그 웃는 얼굴이 극히 단순하고, 선량하였다기보다도 완전히 희게 느껴지는 어떤 순수한 고독의 그림자가, 순간 이상하게 심정에 와 부딪는 것이었다. 이래서, 그도 따라 시무룩이 웃으며 왜 자지 않느냐고 물어보았다. 그랬더니, 병인은 늘 이렇다는 것을 말하면서, 지금까지는 잠이 아니 올 때라도 자는 척해야 했기 때문에, 이 잠 아니 올 때 자는 척이란 여간 곤란한 일이 아니더라고, 말을 하는 것이었다.

석희가 잠자코, 그저 그렇겠노라는 얼굴을 하고 있으니까,

"이젠 형도 옆에 계시고, 또 열도 차차 좋아지고 하니까, 어떻게든 꼭 낫게 하겠습니다."

하고, 다시 말을 하는 것이었으나 석희가 생각할 때, 이런 종류의 말이란 혼잣말이 아니라면, 완전히 저편을 신뢰할 때 있는 말이었다.

그는 역시 조금 전 철재의 웃는 얼굴에서와 같은, 이상한 것을 마음으로 느끼며,

"그래, 얼른 낫게 합시다."

하고 말을 받으면서, 일변 좀 더 다정한 말이 있을 것도 같아서, 잠깐 머뭇거리고 있는 참인데, 별안간 어색하였다. 이래서, 별생각도 없이, 그저 얼

결에 옆에 놓인 손을 잡아보았다. 그러나 다음 순간 그는 난처하였다. 물론 처음부터 이렇다는 격조로 잡은 것은 아니지만, 막상 잡고 보니, 철재와의 이러한 교섭은 지금이 처음일 뿐 아니라, 그는 본시 누구와도 이러한 경우에 이런 행동이 잘 있을 수 없는 위인이었다.

다음 순간 이것을 철재도 알았던지, 그의 손을 들어 제 손과 비교해보면서,

"내 손보다 더 여윕니다."

하고 웃었다.

두 사람은 이상 더 말을 건네지는 않았으나, 석희는 철재가 좋게 생각되었다. 자기 병에 대해서 절대로 무관심한 그 태도도 좋았거니와, 또 하나, 이렇게 마음이 거래될 때 볼라치면 전연 앓는 사람 같지가 않았다. 자기보다도 오히려 침착하고 초연한 데가 있어 보였다.

마침내 그는 사람이 병을 앓는다는 게 참 재미있을 것 같았다. 눈 감고 가슴에 손 얹고 무작정 누워서, 귀찮아지면 죽을 것을 궁리하고, 그 반대일 경우엔 또한 살 것을 궁리해보고…… 얼마나 인생에 대한 유한 배포이냐 싶었다.

이래서 그는 어디에 가닿는 말인지도 모를 말을,

"사람이 병을 앓는다는 건 분명히 편하고 유쾌하지 않소?"

하고 툭 잘라 물어보았다. 그러고는 제바람에 흠칫했다. 무슨 생각에서 이런 말이 나왔든지 간에, 방금 앓는 사람에게 들리는 말로는 좀 가혹한 말이었기 때문이다.

그러나 철재는 극히 평범한 얼굴로,

"하지만 사람이 건강하다는 건 훌륭한 자연을 몸소 느끼고 만져보듯 즐거운 일일 겁니다."

하면서,

"역시 사람은 앓지 말아야지요."

하고, 웃었다.

×

어느 날 세 사람이 점심상을 받고 앉았는데, 늙은 중이 목기에다 산딸기를 치면이 가지고 와서,

"이게 우리 절에선 한철 유명한 겁네다. 병인에게도 썩 좋지요. 체할 염려가 없게시리 수건에 짜서 물을 먹으면 음식이 아주 잘 내립네다."

하고 말을 했다.

중이 돌아간 후 딸기를 먹고 앉았는데, 원이 버쩍 뒷산으로 딸기를 따러 가자는 것이었다. 산에는 독사가 있고 길이 험해서 도무지 갈 데가 아니라고 타일렀으나 끝내 고집을 부렸다.

마침내 원이를 주저앉힐 도리가 없어서, 석희는 누이를 따라 뒷산으로 올라갔다. 산은 별로 높지 않았으나 수목이 짙고 질번해서 배후에 태산을 낀 풍모였다.

딸기는 나무가 많고, 칡넝쿨, 다래넝쿨 이런 것들이 무성하게 많이 있는 게 아니라 돌너도랑 쪽으로, 혹은 잔디밭 쪽으로 많이 있었다.

딸기가 많아질수록 원이는 정신이 없었다.

석희는 돌너도랑에 걸터앉은 채 누이의 하는 양을 보고 있었다. 그러노라니 퍼뜩, 지금껏 한 번도 똑똑히 물어본 일이 없는, 또 원이로서도 구태여 설명하려고 않은 '원이 같은, 이를테면, 못난 성질로서 어떻게 처음 철재와 알게 됐을까? 혹은 어째서 이리로 같이 오게꺼정 되었을까?' 하는, 말하자면 그 마음의 자초지종에 대한 궁금한 생각이, 머리를 드는 것이었다.

"원아."

그는 먼저 누이를 불렀다.

누이가 볕에 얼굴이 빨개서 돌아다봤을 때,

"유쾌허냐?"

하고, 물었다. 원이는 대답 대신 고갯짓으로 웃어 보였다.

"저번엔 울기만 하더니."

"저번엔? 오빠꺼정 오핼 하니까 그랬지."

"오해라니?"

"사람들이 생각하는 것처럼 그렇게만 알거든……"

"왜 그렇지 않단 말 못 했어?"

"그런 걸 말해서 되나. 말하게꺼정 되면 벌써 오해한 건데."

"뭘루 그렇게 잘 알었니?"

"오빠가 묻지 않는 걸로."

말을 마치자 원이는 잠깐 오라버니를 건너다보았다.

"철재 언제부터 알게 됐었니?"

그는 끝내 묻고 말았다.

원이는 한 번 더 오라버니의 기색을 살피면서,

"동경서 지난겨울에 첨 알았어요."

하고, 대답했다.

석희는 누이의 말투가 약간 존칭으로 변하는 것을 보아, 긴장하는 것을 곧 알았을 뿐 아니라 전부터도 이렇게 태도가 딱딱해지기 시작하면 원이는 말을 잘 못했다. 이래서 그는 되도록 정면으로 보기를 피하며, 짐짓 농조로,

"그래, 나라도 뭐할 텐데 네게 그런 좋은 교우가 있었다니……"

하고 웃으면서,

"이럴 게 아니라 우리 딸기 따면서 이야기 좀 하자꾸나."

하고, 일어섰다.

이 모양으로 시작된 원의 이야기는 그리 간단치가 않아서, 정희라는 학교 동무를 통하여 알게 되었다는 것으로부터, 처음엔 유망한 화가라는 데 호기심이 갔고 다음엔 중한 병을 앓는다는 데 놀랐고, 이래서 가보기꺼정 되었다는 것인데, 그런데, 한번 가본 후로는 도저히 그냥 모른 척하고 있을 수가 없었노라고 하면서,

"아무튼 의사도 그대로는 살지 못한다구 했으니까, 그리고 옆에 누가 한 사람 있어야 말이지."

하고, 말하는 것이었다.

"친구도 없디?"

"있었는데 오빠 같은 일로 다들 가고 없었어요."

"여긴 어떻게 해서 오게 됐니?"

"여긴? 의사도 귀국하라고 했고 또 병인이 이 절로 오구 싶어 해서. 그래서 생각해보니까 마침 하기휴가고, 집에 나가는 길에 여기 들렀다 가면 될 것 같아서 나왔지."

"철재가 이 절을 어떻게 알고?"

"중학 때 지리산엘 가면서 들렀었대."

"그럼 그는 그렇다 하고, 왜 집엔 오지 않았니?"

"오느라고 병이 더해져서 갈 수 있어야지. 꼭 죽는 것만 같데. 그래서 오빠 와달라고 집에다 편질했지."

석희는 누이의 이야기를 들으면서 몇 번인지 실소를 했다. 세상 철을 몰라도 푼수가 있었다.

"집에서 알면 큰 야단이 날 걸 몰랐니?"

"알긴 알았어. 하지만 아니면 그뿐 아냐?"

"아니면 그뿐이라? 그래 맞았다, 네 말이……"

석희는 끝내 웃고 말았다.

×

원이 '아무것도 아니면 그뿐 아니냐'고 큰소리 하는 것과는 달리, 철재와 원의 감정은 그 시초부터 결코 아무것도 아닌 것은 아니었다. 단지 죽는다는, 혹은 죽을 사람이라는, 이 커다란 사태 앞에, 두 사람은 조금도 옆을 돌아볼 여유가 없었던 것뿐이고, 결국 '아무것도 아닌 것'으로밖에 표현되지 못한 것뿐이었다.

이것은, 앓는 사람의 병이 점점 차도가 있어감에 따라, 반대로 차차 멀어지는 두 사람의 관계를 보아 잘 알 수가 있었다. 요컨대 이것은 '산다'는데서, 비로소 '죽는다'는 사실 앞에 양보한 '자기'들을 각기 찾으려는, 어떤 잠재한 의식의 표현 같기도 했다.

날이 점점 더워져 성한 사람도 나릿할* 때가 많았으나, 신기할 정도로 철재는 날로 차도가 있었다. 무엇보다도 열의 상태와 수면의 시간이 월등히 좋아져서, 아침이면 제법 자기 손으로 세수를

---

* 동작이 재지 못하고 좀 느린 듯하다.

할 수도 있었고, 또 유독 기분이 좋은 날은 아침이 아니라도 곧잘 일어나, 이따금 우스운 얼굴들을 그려서는 사람들을 유쾌하게 만들어주기도 하였다. 또 원이는 원이대로 마음이 내키면 곧잘 공부도 하고, 이따금 얼굴이나 몸치장을 할 때도 있어서, 제법 오라버니를 따라 산간에 와 있는 '누이'의 모양을 갖출 때도 있었다.

어느 날 석희는 주막집 노인이 은주에 가서 사흘이나 묵고 사 온, 등의자를 제일 전망이 좋고 통풍이 잘되는 절문 밖 은향나무 밑에다 갖다 놓은 후, 철재를 데려다가 앉히고는 아주 만족해하였다. 정말, 병인이 오래간만에 '자연'을 대하고 신기해하는 거라든지, 만족해하는 것은 또 유별난 것이어서, 그도 덩달아 괜히 웃고 떠들고 하였다. 이때 누가 뒤에 서는 것 같은 인기척이 있었으므로 두 사람은 모르는 결에 뒤를 돌아다보았다. 그랬더니 그곳엔 원이가 별로 싱글해서 꺼뚝 서 있는 것이었다. 그 서 있는 모양이 하도 우스워서,

"왜 그렇거구 있니?"

하고, 오빠가 물어보았다. 그랬는데도 원이는 이 말엔 별 대척도 없이, 이상하게 주뼛주뼛 두 사

람을 번갈아 보고 하더니, 그대로 들어가버리고
말았다.

이날 저녁에도 원이는 별로 말이 없었을 뿐 아
니라 전 같으면 방도 치워주고, 수건에 물도 축여
왔을 게고, 또 직접 철재에게도, 뭐고 제게 시킬 일
이 없느냐고, 물어도 보고 했을 텐데, 일절 이런 일
없이 그냥 제 방으로 가버렸다.

원이 나간 후 석희는 문장을 치면서,

"곤할 테니 오늘은 일찍 잡시다."

하고, 자기도 누웠다.

조금 후 철재가 불쑥,

"육친이란 어떤 거요?"

하고 물었다.

"글쎄."

석희는 우선 애매한 대답을 하면서, 철재의 기
색을 살폈다. 그러고는

"원이 처음엔 육친 같았는데, 이젠 좀 달라졌단
말 아니오?"

하고, 도로 물어보았다. 그랬더니, 철재는 이 말
에 대답 대신 그저 시무룩이 웃을 뿐이었다.

석희는 요즈음 '나보다도 오빠가 더 동무지 뭐'

하고, 곧잘 말하는 원이를 생각하면서,

"남성끼리는 친하면 혹 당신 말대로 육친이란 걸 느낄 수 있을지 모르나 이것이 이성일 땐 좀 다르리다."

하고, 짐짓 피식이 웃으며 건너다보았다.

철재도 여기엔 별반 말없이, 그저 그렇겠노라는 듯이 듣고 있더니 조금 후에

"아무튼 당신 말대로 하면 이성과의 사귐이란 너무 편협해서 그 어디……"

하고, 말하는 것이었다.

"허나 사나이들의 사귐이 편협해지지 않기 때문에, 편협한 이성과의 사귐보단 훨씬 평범한 것이 아니겠소? …… 아무튼 당신은 그림쟁이니까, 나보다 더 잘 아리다."

석희가 짐짓 농조로 말을 받아서, 두 사람은 제법 소리를 내고 웃었다.

×

어느 날 절에는 재齋가 든다고 벅적거렸다. 그곳에서 한 사십 리가량 되는 연성 사람의 재라는데,

이 근처에선 제일가는 지주일 뿐 아니라, 금년 스물일곱에 난 아들이 죽은 제사라고 해서, 아무튼 이 절로선 드물게 맞는, 대사였으므로 며칠 전부터 절엔 중들이 득실거렸다.

물론 석희로서도, 앓는 벗을 위하여 염려하지 않은 바가 아니었으나, 마침내 철재가 도저히 이 소란 통을 큰절에 앉아서 겪어낼 수는 없다고 야단을 해서, 더욱 난처하였다.

이렇다고 갑자기 딴 데로 갈 수도 없는 판이고, 또 이것을 철재로서도 응당 알고 있음직도 한데, 이처럼 심한 불평으로 옆에 있는 사람을 불안하게 하는 것이 한편 미흡한 생각이 들기도 하고, 또 사실 성가신 일일지도 몰랐으나, 또 달리 생각해보면, 철재로서 이만한 체면쯤 지키려면 훌륭히 지킬 수 있을 것임에도 불구하고, 정말 '육친'인 것처럼 믿고, 조그마한 마음의 불평도 숨겨두지 않는, 그 버릇이라고 할까, 병인다운 고집이라고 할까, 아무튼 자기로서 이런 것을 좋게 받으려면 얼마든지 좋게 받을 수 있는 일일 것도 같아서, 이래서 생각한 나머지 평소 비교적 친숙히 군, 우담이란 대사를 찾아 상의해보았던 것이다.

그랬더니, 대사는 그 뒤 암자에 빈방이 있을 것이라고, 다행히 주선을 해주었다.

이래서 석희는 내일 구경을 보겠다고 벌써부터 몰려와 웅성대는 사람들 틈으로 철재를 데리고 암자로 옮아왔다. 암자는 큰절 왼편으로 죽림을 끼고 더 산속에 있어, 한적한 폭으로는 큰절에 비길 바가 아니었다. 더욱 늙은 보살이 암자를 지키고 있었으므로, 오히려 편리로운 점이 많았다.

저녁상을 받고 앉아서 두 사람은 약속이나 한 것처럼 옆에 원이 없는 것을 느꼈다.

"큰절보다 저녁이 이르지?"

철재가 먼저 아는 척을 하니까,

"원인 저녁을 먹나?"

하고, 오빠가 말을 받아서, 두 사람은 멋없이 웃었다.

이때 간둥간둥* 층계를 밟으며, 원이 들어섰다.

"호랑이도 제 말하면 온다더니……"

오빠가 제법 반가이 맞으려니까, 원이는 이 말엔 별 대척도 없이, 방금 큰절에는 사람이 어떻게

---

* 조심성이 없이 가볍게 행동하는 모양을 나타내는 말.

많이 왔는지 물 끓듯 설렌다고 하면서,

"사흘 동안이나 계속한대."

하고, 말을 했다.

과연 원의 말마따나, 그 후 큰절의 재는 굉장한 것이었다.

재가 끝나는 날 밤 원이는 일찍부터 오빠를 찾아와 구경을 가자고 졸랐다. 밤중에 바라를 치고, 늙은 중이 염불을 외고, 또 옆에 죽은 이의 아름다운 아내가 죽은 이로 더불어 슬피 우는 모양은 어째 신비하기까지 하다고 하면서, 자꾸 떼를 쓰는 통에 석희는

"그래 영혼이 보이디?"

하고, 누이를 따라 일어섰다.

두 남매가 죽림을 끼고 좁은 길을 지나려고 했을 때다.

어린 중이 웬 청년을 데리고 이리로 오다가,

"손님 오셨삽내다."

하고, 앞으로 달려왔다.

그는 얼른 생각해서 자기를 찾아올 사람이 없었을 뿐 아니라, 벌써 어둠이 짙고 또 오래 보지 못한 벗이라, 종내 태식인 것을 알아보지 못한 채, 오는

사람을 보고 있었다. 이때, 청년은 그의 앞에 다가
서며

"날세, 얼마나 고생을 했었나?"

하고, 손을 잡았다. 석희는 그제사

"아, 자네던가? 난 누구라구."

하면서, 거듭 반가워하였다.

태식이는 그가 동경에서 사귄 친구다. 얼핏 보
아 그 성격이나 취미가 정반대인 편이었으나, 어
쩐지 두 사람은 친한 폭이었다. 석희가 주변이 없
고 비교적 내성적이어서 좀 침울한 성격이라면,
태식이는 이따금 웅변이요 개방적이어서, 화려한
데 속하였고, 강한 자기주장이 있으면서도 표현에
있어 그리 강경하지 못한 데 비해서도 반대일 뿐
아니라, 심지어 말소리가 번화하고 취하면 놀기를
좋아하는 것까지 서로 맞지 않았으나, 석희에게
침울한 일면 어디엔지 화려한 곳이 있었고 또 태
식이에게도 어디에고 석희의 일면이 있은 것처럼
두 사람은 이를테면 서로 반대되는 곳에 이상한
애착이 있었는지도 모른다.

아무튼 오래간만에 만난 그리던 친구라, 이야기
가 그리 간단할 수 없었다. 석희는 처음, 도로 암자

로 갈까 생각하였으나, 태식이와 철재는 면식이 없을 뿐 아니라 모르는 사람 앞에서 수작을 하고 또 모르는 사람의 수작을 보고 할, 어색한 분위기를 두 벗을 위해 피하고 싶었던지, 그냥 큰절을 향하고 걸었다.

태식이는 일방 길을 걸으면서, 그가 나온 소식을 듣고 곧 집으로 찾아갔더란 이야기를 하면서,

"역시 동경 시절이 제일 좋았어…… 그때 기억이 젤 남는 것을 보면."

하고 웃었다.

절문 가까이 이르자 등촉이 낮과 같이 밝았다. 석희도 따라 웃으며, 자주 벗의 얼굴을 보았다. 오래간만이라, 처음은 잠깐 눈설어 보였으나, 얼굴이 홀쭉해 보이고 꺼칠한 것이, 어딘지 장년 티가 나 보였다.

석희는 이 빛깔이 회고 깨끗하게 생긴 벗의 얼굴이 지금도 보매 흡족한지,

"자네도 좀 여위었나?…… 역시 그때가 좋았지?"

하고, 새빠진 소리를 하면서, 막 절문을 들어서려고 했을 때다.

뒤에서 원이 오빠를 불렀다.

그는 비로소 원이와 약속하고 나온 길임을 생각해낸 듯이,

"어…… 너?"

하고, 돌아다보았다. 그러더니 이번엔 청년을 향하여,

"내 누일세."

하면서,

"나와 친한 분이다."

하고, 말을 했다.

이날 밤 석희는 태식이와 큰절의 원이 방에서 자고, 원이는 암자로 가 보살 노인과 함께 잤다.

문득 요란한 바라 소리가 뚝 그친 법당으로부터, 외질로 찬찬한 염불 소리가 호젓이 들려왔다. 석희는 밤이 이슥해진 것을 깨달으며, 지금쯤 아무 영문 모르고 자기를 기다리고 있을 철재를 생각하며, 일어섰다.

"자네 곤하지? 나 이 뒤 암자에 잠깐 다녀옴세."

석희가 말을 하니까, 암자에 누가 있느냐고, 태식이 물었다. 그래서 어떤 앓는 친구와 같이 있노라고 대답을 했더니, 태식이는 별로 고개를 꺼떡이며,

"아, 그런가? 어…… 그래?"

하고, 그 말의 억양과는 달리, 아주 무심한 얼굴로 대답을 했다.

조금 후 석희는 죽림을 끼고 암자로 향해 걸으면서,

'그만 아까 이리로 올 것을……'

하는, 막연한 후회를 하였다.

석희가 암자로 들어서니까, 이번엔 철재가 제법 어리둥절해서 이편을 보았다. 그 얼굴이 꼭 '대체 누가 왔길래 왜 이렇게 왔다 갔다 부산하냐?'는 것 같아서, 그는 모르는 결에 어색하게 웃음을 띤 채,

"나허구 친한 사람인데…… 원이에게 얘기 들었지? 하도 오래간만이라 그동안 얘기도 좀 하고, 그럴라니까, 이리로 오면 당신한테 언짢을지도 모르고 해서……"

하고, 기다랗게 말을 늘어놓았다.

얼마 후에, 그는 별 표정 없이 그저 좋도록 하라는 철재를 두고, 다시 큰절로 오면서, 한 번 더

'그만 처음부터 저리로 갔으면 좋았을걸.'

하는, 아까와 같은 막연한 후회를 하였다.

그랬는데 이번엔 그가 방엘 들어서자 대뜸,

"앓는 사람이란 누군가?"

하고, 태식이 말을 건넸다. 이래서, 그는 되도록 간단하게, 그러고는 좋게시리 이야기를 하면서, 거기에다 또 군덕지까지 붙여서,

"자네도 보면 곧 친해질 걸세."

하고, 건너다보았다.

그러나, 이 말에는 별 대답이 없이,

"자네 매 씨와 친한 분인가?"

하고, 태식이는 제 말을 계속하는 것이었다.

×

어디로 어떻게 옮든지, 아무튼 석희는 철재와 같이 있어야 한다고 생각을 했으나, 그 후 큰절에 재도 끝나고, 방도 있고 했지만 어찌된 셈인지, 철재와 원이는 암자에 있게 되었고, 석희는 태식이와 큰절에 있게 되었다. 하긴 철재가 암자를 좋아했기 때문에, 굳이 그가 철재와 같이 있으려면, 태식이도 암자로 오든지, 혹은 원이와 태식이가 큰절에 가 있어야 할 판이었다. 하지만 그는 태식이를 데리고 암자로 오길 꺼릴 것보다도 더 원이를

큰절로 보내기 주저했기 때문에 그냥 그대로 눌러 있은 셈이었으나 그러나, 사정이야 어떻게 되었든, 그는 철재에게 때로 미안한 생각이 없지 않아서, 이래서 큰절에서는 잠만 잤을 뿐이지, 낮의 대부분은 암자에서 지내는 셈이었다.

물론 태식이도 석희를 따라 곧잘 암자에 왔고, 또 철재로서도 뭘 까다롭게 대하려고는 않았으나, 어쩐지 두 사람의 교우는 웬일인지 이곳에서 한 걸음 더 들어서지는 않았다.

이날도 그는 암자에 갔다가 오정이 넘어서야 큰 절로 돌아왔다.

마침 태식이가 있지 않으므로 방 한가운데 퇴침을 베고 누운 채 낮잠을 자볼까 생각을 하다가 방안이 이상하게 답답하고 무더운 것 같아서, 도로 밖으로 나와 은향나무께 앉아 바람을 쏘이고 있었다. 이때 저 아래서 태식이가 싱글벙글 웃으며 올라왔다. 이즈음 태식이는 그가 암자에 가 있는 동안 이렇게 절 근방을 곧잘 돌아다니는 모양으로, 윗도리는 그냥 셔츠 바람인 데다 지팡이까지 짚어서 젊고 건강한 모습이 더한층 눈에 띄었다. 태식이는

"뭘 그렇게 정신을 놓고 앉아 있나?"

하고, 가까이 오면서,

"혼자 어데를 다니나?"

하는 그의 말엔 별 대답이 없이, 저편 냇가에 원이와 철재가 있더란 말을 전하면서

"지팡이가 아니면 연상 쓰러질 것 같아서 옆에 서 있는 정원 씨가 다소 가여웠지만, 먼 데서 보기엔 제법 성한 사람 같데."

하고, 말을 하면서 웃었다.

석희는 이 약간 조소적인 벗의 말과 태도가 뭔지 몹시 싫었으나 이것보다도 이젠 철재가 걸어 다닐 수 있다는 것이 반가웠을 뿐 아니라, '연상 쓰러질 것 같다'는 말에 어쩐지 고소가 나기도 해서 그대로 따라 웃으며 두 사람은 큰절로 돌아왔다.

얼마 후, 막 점심상을 물리려는데,

"오빠 좀 오래."

하고, 원이 들어왔다.

그는 철재가 물가에서 자기를 부르는 것을 짐작하면서, 일어나 밖으로 나오니까,

"나도 곧 감세."

하고, 태식이가 말을 했다.

그러나 절문 밖 우물께를 돌아 나오면서 여러 번 뒤를 돌아다보았으나, 태식이는 그만두고라도, 웬일로 원이까지 나오는 기척이 좀체 보이지 않았다.

석희가 나온 지 한참 만에서야, 원이와 태식이 냇가로 나왔다. 그런데 하나 이상한 것은, 가령 태식이와 철재 이 두 사람의 사이는 이렇게 직접 서로들 만나면 제법 좋은 얼굴들이어서 태식이도 비교적 무관하게 이야길 하고 또 이따금 노래도 부르고 했거니와, 철재도 그저 하는 대로 보고 있어, 웃고 즐기고 하는데, 그런데 원이와 태식이 사이는 이것과는 훨씬 달랐다. 석희가 볼 때 두 사람은 결코 싫은 사이가 아닌 것 같음에도 불구하고 기실 서로를 대할라치면 이상하게 태식이는 태식이대로 뻣뻣하고, 원이는 원이대로 팩팩했다.

지금도 이 두 사람은 뭘 다투기나 한 사람들처럼, 태식이는 별나게 '흥!' 하는 얼굴이고, 또 원이는 원이대로 뭔지 '되잖다!'는 표정이다.

두 사람이 가까이 오자 석희는 짐짓 환한 목소리로,

"이리 와, 자네 그 〈먼 싼따루치아〉나 좀 듣세그려."

하고 웃어 보였다.

"노래는 무슨 노래를."

이렇게 태식이도 따라 웃으며, 뭐가 열적은 것처럼 우물쭈물 옆으로 와 앉았으나, 그렇다고 뭘 구태여 사양하려는 눈치도 아니었다.

본시 노래란 장소에 따라선 웬만치만 불러도 즐거워지는 모양인지, 노래가 끝났을 땐 석희도 철재도 다만 격찬했을 뿐인데, 따로 원이만이 배식이 앉은 채 잠자코 있었다.

석희는 남의 앞에 이처럼 반지빠른* 누이의 태도를 이제 처음 보는 것처럼 잠깐 아연하였으나, 그러나 태식이는 짐짓 피식이 웃을 뿐,

"얼마 안 가 내 생일인데."

하고, 화제를 돌렸다. 그러고는 그날 단단한 턱을 받아야 하겠다는 석희 말에,

"암 턱이 있어야지."

하고 대답하면서, 다시 농조로 웃었다.

---

* 말이나 행동 따위가 어수룩한 맛이 없이 얄미울 정도로 민첩하고 약삭빠른.

×

태식이는 큰절로 가고, 석희는 철재를 데리고 원이와 함께 암자로 왔다.

먼저 철재를 눕게 한 후 한동안 방 가운데 우두커니 앉아 있었으나, 냇가에서 서늘하게 있다 온 까닭인지 방 안이 더 무더울 뿐 아니라, 아직 저녁 때도 엇빠르고 해서 원이를 데리고 다시 물가로 나왔다. 그러나 따지고 보면 일부러 나온 셈이기도 해서, 그는 아래로 제법 큰 여울물이 돌아 내려가는 널따란 반석 위에 가 앉기가 바쁘게,

"너 왜 태식이 앞에서 그런 태도 취하니?"

하고 누이를 바라보았다.

원이는 뭔지, 난 모른다는 태도로

"그럼 어떡하라고?"

하면서 들입다 건너다보았다.

"어떡하라니?"

"그 사람 이상한 사람이에요."

"이상한 사람이라니?"

"……"

"뭐가?"

"아무튼 싫은 사람이에요."

그는 기가 막혔다.

조금 후 오빠는 되도록 느릿느릿 말을 시작하였다.

"가사 그 사람이 이상한 사람이건 싫은 사람이
건, 네가 그 사람으로 해서 이상한 사람이 될 필요
는 없지 않니?"

원이는 여전 같은 태도로, 그러나 약간 '내가 뭐
가?'라는 듯이, 오빠를 보았다.

"보니까 요즈음 너 이상하던데. 있지 왜, 네가 싫
어하는 여자. 난 이따금 네게서 이런 여자가 발견
될 때 참 섭섭하더라."

그는 여전 속삭이듯 가만가만히 말을 했다.

원이는 역시 잠자코 있었다.

"너 집에 가고 싶니?"

원이는 가고 싶다고 대답했다.

"왜 가고 싶니?"

"……"

"그럼 내일이라도 가게 할까?"

"싫어요."

두 남매는 다시 말이 없었다. 그러나 석희는 이
가기 싫다는 이유 속에는 자기도 철재도 들어 있

지 않다는 것을 잘 알았다. 분명히 태식이라는 횡포한 청년(원이는 이렇게 느끼는 것이었다) 앞에 도망하기 싫다는, 지기 싫다는, 꽤 강경한 고집인 것을 그는 곧 알았다.

쟁펑한 여울물 위로 알록달록한 산새 한 마리가 나지막이 날아갔다.

"어떠한 경우에라도 '내' 마음에 무리가 있어서는 못 좋다고 생각는데…… 가령 무리란 원체가 어떤 약점 위에 서는 것이기 때문에 말이다."

그는 '네가 태식이라는 청년을 싫어하는 게 아니라 오히려 좋아하지 않느냐?'는 물음을 이렇게 원방으로 돌려 구구한 형태로 물어보면서, 누이의 기색을 살피었다.

원이는 여전 잠자코 있었으나 인차 제법 의젓한 태도로 말을 받았다.

"오빠 말대로 그러한 마음의 무리가 있어 좋다는 게 아니라, 내 말은 단지 옳지는 않으나 있을 수 있단 것뿐예요."

그러나, 그는 이 순간 누이의 얼굴에서 이상하게 노한 표정을 보았기에 얼른 말을 계속하지 않았다.

조금 후 두 남매는 산기슭에 미끄러지듯 쩨레렁 하고, 멀어지는 저녁 종소리를 들으며, 물가에서 절로 들어오려면, 도토리나무가 성히 서 있는 작을 길을 걷고 있었다.

"이제 막 네가 옳지는 않으나, 있을 수는 있단 말을 했는데, 가령 그렇게 된다면 그 마음의 곤욕을 어떻게 겪나? 그러고 또 몹시 곤란하다는 것은 몹시 괴롭다는 말도 될 수 있어서, 이 괴로움이란 정도를 넘으면 되돌쳐 반항으로 변하기도 쉬운데, 그러나 이러한 종류의 반항이란 항시 밝은 사람의 것은 아닐 거다."

그는 여전히 '네가 무엇이고 실수할까 무섭다'는 말을 이렇게 장황한 말로다 조심조심 건네는데도 누이는 그의 말이 떨어지자, 거반 신경질적으로,

"밝음으로 해서 사람의 어려운 경우를 완전히 피할 수가 있다면, 세상엔 '불행'이나 '고통'이란 말들이 소용없게……?"

하고 역정을 내었다. 그는 속으로 '아차!' 하였다. 분명히 이 말은 어떤 반항의 태세임에 틀림이 없었다.

"네 말대로 한다면, 돌부리를 밟은 사람은 다 넘

어져야 한다는 격인데, 이렇구서야 어데 세상에
장한 것이나, 귀한 것이 있겠니? 그리고 '인생'이란
네 말과는 반대되는 의미에서 좀 더 엄숙한 것일
지도 모른다."

오라버니도 여기엔 잠깐 언성을 높였다.

다음 순간 잠자코 있는 누이를 발견하자 그는
이상하게 언짢은 생각이 들었다. 지금까지의 그
천진하던 원이는 어디를 가고, 극히 침울한, 어디
까지 무표정한 얼굴 전체가 무슨 커다란 질곡을
겪는 것처럼 차가웠다.

'역시 원이는 '현대現代'에 살고 있는 거다!'

그는 드디어 마음속으로 중얼거렸다. 거진 길이
암자와 큰절로 나누일 무렵 해서, 원이 말을 건넸다.

"내가 말한 것은 단지 그렇게 말할 수도 있다는
것뿐이고, 또 나보고 요즘 이상해졌다지만, 난 어
쩐지 그분이 좋지가 않아서, 그렇게 뺐는지도 모
른다우."

하면서

"퍽 좋은 분이라도 사람에 따라선 흔히 싫어하
는 수도 있잖우, 왜."

하고는 우정 웃어 보이기까지 하였다.

　그는 누이가 지금 자기 앞에서 조금도 정직하지
못한 것을 알았으나 잠자코 누이를 따라 그저 웃
어주었다.

×

　더위의 한고비를 넘어들면서부터 산간에는 비
가 잦았다.

　석희는 근자에 들어 비교적 혼자인 시간을 갖고
싶어 하였다. 물론 이렇다고 해서 갑자기 철재에
게 대한 성의가 줄어진 것도, 또 뭘 태식이에게 떠
비한 정을 느낀 것도 아니었으나, 말하자면 철재
가 점점 나아감을 따라, '남'을 위해 열중해보려는
마음의 긴장이 풀어진 소치인지도, 혹은 철재의
병으로 하여 이루어졌던 어떤 공동한 생활 분위기
로부터 이젠 각기 자기 처소로 돌아가야 할 때가
왔기 때문인지도 몰랐다. 그러나 불행히도 이 두
사람의 '자기 처소'란 햇빛 하나 드리우지 않는 몹
시 어둡고 서글픈 곳이었던지, 이렇게 혼자인 시
간을 갖고 싶어 한 이후부터, 두 사람의 얼굴은 날
로 우울해갔다.

단지 태식이만은, 좀 더 보람 있는 인생살이를 해보려는 심산이었으나, 어쩐지 그의 눈엔 다 하나같이 너절하게만 보였다.

석회는 종일 책에 몰두할 때도 있었다. 그러나 결국 허무하기 짝이 없었다. 이러할 때마다, 그는 무엇이고 '산 문제'에 한번 부딪쳐보고 싶은, 이렇게 하기 위해선 살인이라도 감당할 것 같은, 고약한, 그러나 이상한 저력으로 육박해오는 야릇한 '의욕' 때문에 머릿속은 다시금 설레기 시작하였다.

이날 밤도 그는 혼자이고 싶었다. 옆에 태식이가 귀치 않다기보다도 무어라고 말이 있을 것이 주체스러워서 눈을 감고 돌아누운 채, 아침나절 철재와의 애기를 들춰보고 있었다. 별로 마음이 내키지도 않는 것을, 어제저녁 들르지 않은 것이 께름칙해서, 그는 일찌감치 암자로 갔다. 식전까지도 보슬비가 내리는 날씨라 여전 골짝엔 뽀얀 구름이 아득히 서려 있었지만, 오랫동안 비에 갇혔던 마음이 울적하다는 것처럼, 철재는 혼자 뜰에 나와 축대에 심어진 초화들을 무심히 보고 있었다.

"뭘 그렇게 보고 있소?"

철재는 대답 대신 웃었다.

자리를 나란히 한 후 한참 만에,

"가을엔 우리 마구 돌아다닙시다."

석희가 건넨 말이다.

철재는 그저 시무룩이 웃을 뿐 잠자코 있더니

"바깥엔 다녀 뭘 하겠소."

하고, 여전히 시무룩이 웃으며 건너다봤다.

"하긴 그래."

그도 우정 농조로 따라 웃었으나 결코 농이 아닌 것은 두 사람의 맥없이 어두워지는 마음이었다.

이야기는 단지 이것뿐이었으나 돌아올 때 그는 철재도 자기처럼 가슴속 어느 한 곳에 무엇으로도 메울 수 없는 커다란 구멍이 하나 뚫어져 있는 것이라고 생각하였다.

얼마를 이러고 있는데, 건너편에 앉아서 제법 머리를 동이고 뭘 쓰고 있던 태식이가

"자나?"

하고, 별안간 말을 건넸다.

석희는 대답 대신 이편으로 몸을 돌렸다.

"자네 언제까지 여게 있으려나?"

"글쎄 가을까지나 있어볼까."

석희는 왜 묻느냐는 듯이 건너다보며,

"웬만하면 한 십 년 있어도 좋고……"

이러한 실없는 대답을 하며 옆에 있는 담배를 집어 불을 당겼다.

"자네 몸이 약해진 까닭도 있겠지만 아무튼 전보다는 많이 달라졌어."

"뭘 보니까?"

"아무렇기로 자네가 산속에서 십 년을 살아서야 어데 쓰겠나."

"쓰다니 어데다 써?"

"그럼 못 써야 허나?"

그도 태식이를 따라 웃고 말았으나, 태식이는 곧 다시 말을 이었다.

"아무튼 나는 곧 서울로 가기 작정했네. 그래서 한번 세상과 싸움을 해볼 작정일세."

"돈을 한번 모아보겠단 말이지?"

"맞았네. 우선 내가 먼저 살아야 한다고 생각했네."

"타락할걸세. 관두게나."

"아니야, 자신이 있어."

"자네 어리석어이."

"내가 우물이란 말이지?"

태식이는 담배를 집어 불을 당기면서,

"그럼 자네는 뭐겠는가?"

하고, 건너다보았다.

"나? 난 '악한'이구……"

태식이는 거진 폭발적으로 웃음을 터뜨렸다.

조금 후 석희는, 결국 자유를 위한 용기가 아니거든 치우치지 말 것을 역설하였으나, 태식이는 좀체 수그러지지 않았다. 심해서는 석희의 이야기를 허영이요, 도피요, 자기 못난 것에 대한 합리화라고까지 말을 했다.

야심한 후에도 석희는 쉽사리 잠을 이루지 못하였다. 자기의 이러한 마음의 상태가 태식이 말대로 단순한 건강의 소치라면 또 모르겠는데, 만일 그렇지 않은 것이라면 두 사람의 생각은 너무도 거리가 먼 것이었다. 가령 옳든 그르든, 한 사람은 정열과 희망을 가지려는 대신, 같은 시간과 같은 하늘 아래 살면서 오히려 따로 절망하는 마음이 있다면, 이것은 어찌할 수 없는 하나의 두려운 사실이었다.

×

지루하던 장마도 그치고, 어느덧 칠석도 지나갔다.

석희는 태식이 생일날 몇 잔 마신 술의 여독으로 이튿날 온종일 누워 있었다. 하긴 몇 잔이라고 하지만 기실 톡톡히 취했던 것이, 처음 생일턱을 시작하기는 암자에서였는데, 또 이날따라 맥주가 왜 그리 독했던지, 채 서너 병도 못 가서 그는 부산을 피웠다. 결국 자기 손으로 철재를 눕게 한 후,

"당신은 자야지. 자야 하니까……"

하고는, 자라고 주지박질을 한 후 술병을 처안고 큰절로 와, 자정이 넘도록 남은 술을 다 치운 폭이 되고 보니, 몇 잔이란 도무지 당치 않은 말인지도 모른다.

그날 밤 물론 철재도 석희의 주정을 즐겨 받았을 뿐 아니라, 취한 사람들을 염려하여 원이를 보내기까지 하였다. 그러나 석희는 웬일인지 종일 암자가 궁금했다. 공연히 '철재가 뭘 불쾌하지나 않았나' 하는, 이러한 생각으로 해서

'저녁엔 가보리라' 했던 것인데, 막상 저녁을 먹고 보니 다시 몸이 풀어지고 자꾸 눈이 감기려고

해서, 그는 끝내 자리에 눕고 말았다.

얼마 후에 그는 심한 갈증으로 해 눈을 떴다. 마침 태식이가 있지 않으므로 아이 중을 불러 냉수를 떠 오라고, 마신 후 멍뚱히 천장을 향한 채, 조금 전 잠결엔지 꿈결엔지 원이 온 것도 같아서, 그것을 더듬고 있는데, 문득 어제 술을 먹던 장면이 기억났다. 정말 눈앞이 아리송송할 무렵, 원이 들어오던 일, 무슨 생각으로인지 원이 보고 가라고 별미쩍게 소리를 질렀을 때 태식이가 원이를 잡아앉히던 일, 태식이가 원에게 술을 권하던 일, 원이 노하던 일, 두서없이 나타났다. 그런데, 이제 석희로서 두 사람의 말의 내용을 가려낼 수는 없다 치더라도, 아무튼 태식이의 그 한껏 순조롭지 못한, 무례한 거동만은 역력히 알 수가 있었다.

석희는 다시 눈을 감았으나, 잠이 올 것 같지도 또 그냥 누워 있기도 거반 싫증이 나서 끝내 일어나 밖으로 나왔다.

아직 초저녁인지 바깥엔 두런두런 사람들이 서성대고 있었다.

그는 대밭을 끼고 올라가면서 퍼뜩

'태식이가 암자에 있나?'

하는 생각과 함께, 이상한 불안을 느끼며, 걸음
을 빨리했다.

그러나 역시 태식이는 암자에 있지 않았다.

석희가 방으로 들어가니 죄꼬만한 가위로다 뭘
저미고 있던 철재가 아주 반가워하였다.

"그냥 누워 있이우."

했더니,

"난 괜찮소. 당신 누우."

해서, 둘이는 웃었다.

조금 후 철재가, '원이는 뭘 하느냐'고 물어서 '큰
절에 있노라' 대답한 후,

"그런데 태식이 여기 오지 않았소?"

하고, 도로 물으면서 다음 순간 그는 이 희한한
거짓말에 스스로 실소하지 않을 수가 없었다.

"꽤 오래전에 혼자 나간 모양인데 어델 갔을까?
또 전 모주가 되어 넘어지지나 않았나?"

이리되면, 거짓말은 여반장이었다.

"나 저 아래 주막에 가보고 오리다."

석희는 곧 밖으로 나왔다.

초여드레 달이 제법 달밤의 모습을 갖추고 근처
를 비추었다.

그는 가르맛살 같은 도토리밭 길로 무턱대고 두 사람을 찾아 나온 셈이나, 문득 자기의 이 착하지도 악하지도 않은, 단지 어릿광대 같은 모양을 누가 옆에서 본다면 얼마나 우스울까 하는 생각과 함께, 가사 이제 두 사람이 자기의 예감한 바 그대로라 한대도

'대체 뭘 하려 누구를 찾아가느냐?'

는, 생각에 부딪자, 그는 끝내 가던 걸음을 멈추고 고개를 들었다.

바로 이때였다. 일전 자기와 누이가 앉아 있던 반석 위에 역시 두 사람이 앉아 있었다.

비교적 가까이 앉아 있었으나, 별로 무슨 이야기를 하는 것 같지는 않았다.

그는 도토리나무에 기대어 선 채, 종시 자기 태도를 망설이고 있었다. 하긴 그냥 털고 들어서서 '무슨 이야기들이냐?'고 한다면, 또 그것으로 그뿐일지도 모르고, 혹은 두 사람의 자유로운 의사로서의 처결을 꼭 바라고 싶은 욕심이라면, 그대로 버려두고 돌아와도 좋을 것을, 그가 여전 뭘 결단하지 못하고 주저했을 때, 잠자코 앉아 있던 태식이가 말을 건넸다.

"그건 결국 내가 정원 씨 앞에서 무례하게 굴었다는 말인데, 글쎄올시다. 어떻게 예의를 지켜야 하는 것인지, 나는 잘 알 수가 없었던 모양입니다."

다분히 조소적인 말이었으나, 극히 얕은 침착한 음성이었다.

"아무튼 나로서도 말을 하려면 할 말이 있는 게, 정원 씨는 처음부터 나를 싫어했을 뿐 아니라, 나도 아예 좋게 생각하리라고 믿지 않았기에, 가령 내게 대한 당신의 친절한 태도에서도 나는 우롱을 느껴왔던 것입니다."

말을 마치자 태식이는 정면으로 원이를 보았다. 그러나 이 말엔 원이도 가만있지 않았다.

"우롱을 당한 사람은 나예요."

역시 낮은 음성이었으나 싸늘했다.

"혹 내 성격에 약점이 그렇게 보였는지는 모르겠으나, 난 꿈에도 정원 씨를 농락했다고는 생각지 않습니다."

두 사람은 잠깐 말이 없었으나, 원이는 끝내,

"……제가 태식 씨 앞에 겁을 먹고 도망을 가든지, 혹은 전연 분별을 않게 되었더라면 통쾌하실 것을, 결국 그렇지 않은 것이 괘씸하단 말씀이겠는데, 하지만 저는 조금도 무섭지가 않았습니다."

하고, 꽤 차근차근 말하면서 일어났다.

청년은 뭘 더 말하려고 들지는 않았다. 그러나 다음 순간, 극히 맹렬한 형세로 원의 어깨를 안았다. 결코 애정의 표시가 아닌 더 많은 미움에 가까운, 심히 조폭한 그 고집을 원이 패밭듯 뿌리쳤을 때, 석희는 방금 청년이 여자에게 따귀를 맞은 것이라고 착각하며 망연히 서 있었다.

곧 원이는 이편으로 오고, 조금 후엔 청년도 윗길로 해서 큰절을 향하고 천천히 걸어갔다.

석희는 원이 암자로 가자면 자기가 서 있는 길목을 지나갈 것을 알았으나, 여전히 도토리나무에 기대선 채 움직이지 않았다. 또한 원이 역시 그가 서 있는 것을 모를 리 없을 것인데 굳이 옆을 돌아볼 배도 걸음을 멈출 배도 없었다.

석희는 누이의 뒤를 따라 서서히 발길을 옮겼다.

문득 눈앞에 원의 얼굴이 떠올랐다. 역시 가냘프고 맑은, 서먹서먹 사람을 대하는 눈을 가진 얼굴이다. 그러나 다음 순간, 얼마나 고약한 또 하나의 모습인가? 인색하다기보다는 훨씬 탐욕적인 그 용모는 아무리 보아도 숭없었다.

그는 끝내 얼굴을 찡기고 돌아섰다.

×

그 후 사오 일 동안 석희는 누이와 별로 말이 없이 지났다.

뭐라고 굳이 건넬 말도 없었거니와, 또 원이, 방에만 꼭 들어 있어 잘 나오지 않았기에, 더욱 말이 있을 수 없었는지도 모른다.

이 밖에 철재는 철재대로 통이 이런 데는 둔해 보였고, 태식이도 뭘 내색하지 않았으므로, 네 사람의 절간 생활은 겉으로 보기엔 전과 그리 다를 게 없었다.

어느 날 오후였다. 태식이도 낮잠을 자고, 또 별로 암자엘 가고 싶은 생각도 없어서, 그는 혼자 샘가엘 나와 세수를 한 후, 뭘 질정한 것도 없이 아래를 향하고 걷고 있었다. 이때 문득 바른편으로 잡초를 가르고 빤히 뚫어진 작은 길이 보였다.

길이 뚫어져 딴 곳으로 연한 데가 없는 것을 보아서도, 이 의젓한 반석이 놓여 있는 늙은 홰나무 밑이 이 절에서는 꽤 한몫을 보는 모양이었으나,

석희는 이 절로 오던 첫날 아침 우연히 이곳을 들어와보았을 뿐, 그 후 한 번도 이 길을 걸어보지는 않았다.

그는 홰나무 밑까지 와서 걸음을 멈추었다. 그러고는 좌우에 밀집한 나무들과 무성한 잡초들을 언제까지나 보고 있었다. 얼마를 이러고 있었던지, 뒤에서 누군지 이리로 오는 기척에 그는 비로소 머리를 돌렸다. 오던 사람은 원이었다. 언제 그의 옆으로 왔던지 바로 뒤에서 서먹서먹 오라버니를 건너다보고 있었다.

"오빠!"

석희는 반석 위에 걸터앉으며 여전 잠자코 있었으나, 그가 대단히 좋아한 누이의 이러한 눈을 이제 그로서 어떻게 대해야 할지, 딱히 엄두가 나지 않았다기보다도, 한편 이상하게 폐로운 나머지 그는 얄궂은 역정이 나기도 해서,

"왜? 왜 그래?"

하고, 약간 거칠은 대답을 했다.

"나 집에 갈래요."

"왜?"

"……"

"안 가겠다더니 왜?"

그는 다소 언성을 높였다.

"이젠 갈래요."

"······이젠?"

그는 누이를 한순간 정면으로 바라보았으나 그러나 드디어 잠자코 말았다. 원이 수일래로 드러나게 파리해진 얼굴이라든가, 더 상글하니 까풀이 진 눈이라든가, 까시시 마른 입술이 이상하게 언짢은 마음을 가져왔다기보다도 그는 갑자기, 뭐가 몹시 귀찮아져서, 끝내 더 말할 흥미를 잃고 일어났다.

바로 이때였다. 별안간 건너 숲에서 요란한 쟁투가 일어났다.

수풀 속이라 잘 분간할 수는 없었으나, 무엇인지 쫓고 쫓기는 기세만은 분명했으므로 두 사람은 모르는 사이에 그곳을 향하고 긴장했다.

이윽고 한 놈이 오색 빛깔로 찬란히 깃을 치며 쫓기던 놈을 박차고 호기 있게 날았다. 장끼였다.

그러나 남은 한 놈은 아무리 기다려도 다시 수풀에서 나오지는 않았다. 정말 어디가 그대로 죽은 것처럼 영 기척이 없었다······

"언제 가니?"

"……"

"내일 가거라."

조금 후에 두 남매는 각각 헤어졌다.

석희가 우물 앞까지 왔을 때, 문득 절 종이 울려왔다. 늘 들어오던 종소리에서 그는 새삼스럽게 싫은 음향을 가려내며 잠자코 걸었으나 그러나 점점 멀어질수록 그것은 기막히게 싫은 소리였다.

웅얼웅얼, 허공에서 몸부림치다가, 어느 먼 산기슭에 멈춰지는 육중한 음향은 마치 대맹大蟒이 신음하듯, 어둡고 초조한 그런 것이었다.

순간 그는 마음속으로 당황히 손을 저어 철재를, 혹은 태식이를, 그 외 누구누구 황망히 찾아보았으나, 그러나 아무도 내로라! 대답하는 힘찬 손길은 있지 않았다.

점점 눈앞엔 어둠이 몰리고, 산이 첩첩하여 오로지 절벽이 천지를 닫은 것만 같았다.

『도정』, 백양당, 1948.

222

임솔아

임솔아의 소설 속 인물들은 매번 질문을 쥐고 서 있다. 때로 그들
은 답을 구할 수 있으나 그것은 거짓을 해소하지 못하고 진실은 기
쁜 소식이 아니다. 그러나 임솔아의 소설은 계속해서 질문을 쥔 채
로 간다. 차별과 혐오가 쌓아올린 견고한 벽 그리고 예상치 못한
지점에 움푹 파인 허방과도 같은 갑작스러운 폭력들을 피하지 않
는다. 그 벽과 허방은 우리가 살아오며 한번쯤, 아니 반복하여 만
나온 것으로 임솔아의 소설을 읽을 때 우리는 문득 멈춰 서거나 느
닷없이 넘어질 수밖에 없다.

소설과 시를 함께 쓰는 임솔아는 소설을 발표할 때는 어딘가 시처
럼 느껴지고 시를 발표할 때는 마치 소설 같다는 말을 듣곤 한다.
그것은 작품들 속에 이어져 흐르는 그만의 리듬 때문일 수도 문장
사이에 담긴 단단한 이야기들 때문일 수도 있다. 어쩌면 이는 그
가 어떠한 글을 쓰든 일치된 자세로 문학과 세계를 대하는 데에서
비롯되는 것일지도 모른다. 임솔아는 "삶을 이어나갈 나와 내 소
설 속 인물이 앞으로도 닮은 모습일 수 있을까"(『눈과 사람과 눈

사람』 '작가의 말')라고 물으며 세계의 한 단면을 있는 그대로 작품 안에 그려내는 동시에, 허구와 운율로 직조해낸 진실 그리고 거짓까지도 모두 자신의 삶에 담아내려 하는 작가다. 문단 내 성폭력 사건을 고발하고 연대해왔으며 온당치 못한 권력과 언어에 저항해온 임솔아의 작품 속에는 그와 닮은 인물들이 각자의 이야기 속에서 분투하며 마치 임솔아와 연대하듯 삶을 이어간다.

물론 이는 임솔아의 인물들이 무결하다는 의미가 아니다. 이들은 때로 차별에 저항하는 동시에 다른 폭력에 동조하게 되고 자신도 모르게, 혹은 모르는 척을 하며 권력의 구도를 공고히 하는 데 기여하기도 한다. 이 겹겹의 모순을 읽으며 우리는 자기 자신을 보게 된다. 우리는 그의 작품을 통해 우리 자신이 차별과 혐오의 공모자가 되어버린 현실을 직시하게 된다. 임솔아가 작품 속 인물과 닮아가며 삶을 이어나가려 하는 것은 자기 자신을 바로 보고 모순을 피하지 않고서 삶과 문학을 일치시켜 매 순간 진실하게 쓰며 살아가기 위함일 것이다. 우리는 그의 작품을 통해 그러한 삶이 보다 나은 방향으로 흐르지 않을 수도 있다는 것을 뼈아프게 알 수 있다. 그러나 동시에 임솔아의 작품을 통해 우리는 언제나 새로운 가능성을 본다. 그동안 보지 않으려 했던 진실과 거짓을 직시하며 그것을 모두 끌어안고 살아갈 수 있다는 가능성을 본다. 우리는 임솔아와 그의 인물들이 이어내는 하나의 삶과 함께 해답이 아니라 새로운 질문을 시작할 수 있다.

소설

*

제법 엄숙한 얼굴*

＊ 제목은 지하련의 「체향초」에서 빌려 왔다.

　여기까지 듣고 영애는 고개를 끄덕였다. 제이의
어떤 점을 수경이 견디기 어려워했는지 알 것 같
았다. 적당히 맞장구를 쳐줬다간 이십 년 전에 길
거리 자판기에서 산 기념주화까지 꺼내어 자랑할
사람이라고, 영애는 제이를 그렇게 생각했다. 제
이가 입을 열 때마다 영애는 일부러 딴청을 피우
며 제이의 말을 끊곤 했다. 운동화 한 짝을 벗으며
신발에 돌이 들어간 것 같다고 말한다거나, 창밖
나무에서 방금 청설모가 지나간 것 같다고 말하는
식이었다. 그러면 제이는 온실에 있는 돌들은 깨
끗하게 관리된 것들이니 오히려 발바닥에 지압 효
과를 줄 거라고 말하거나, 이 동네에서 자신이 얼
마나 커다란 청설모를 보았는지에 대해 말하곤 했
다. 돌멩이와 청설모가 자신의 재산이라도 되는

듯한 말투였다. 자기 앞에 있는 사람을 박수 치는 관객으로 만들 사람. 제이를 처음 만난 날부터 영애는 그 사실을 눈치챘다. 영애가 일부러 말을 끊고 있다는 것을 제이는 눈치채지 못했다. 제이는 영애가 어지간히 어수룩한 사람이라고 여기는 듯했다.

제이의 자랑을 애써 견디지 않아도 된다고 영애는 수경에게 말했다. 수경은 어리둥절한 표정을 짓다가 한 박자 늦게 입을 열었다.

"그게 아니에요. 제가 견디기 어려운 건."

수경은 말을 고르듯 아랫입술을 깨물었다.

자랑을 시작할 때 제이의 눈에서는 생기가 돌았다. 느끼하리만큼 반들반들하면서도 어쩐지 불안한 기운이 감지되는 생기였다. 수경은 그 생기를 좋아하지 않았다. 그러나 자신 때문에 그 생기가 꺼지는 걸 보고 싶지는 않았다. 미팅을 나온 입장이어서 상대를 불쾌하게 만들어서는 안 된다는 것이 가장 큰 이유였지만, 누군가의 기분을 상하게 하고 싶지 않다는 이유도 있었다. 수경은 자신의 잘못이 아닐 때에도 누군가의 기분이 상할 때마다 불안해했다. 수경은 놋숟가락을 떠올렸다. 놋숟가

락이 밥그릇을 긁으며 내는 소름 끼치는 소리를
떠올렸다.

"또 대답 안 하면 너 죽는다."

아버지는 무심하게 말했다. 아버지가 남동생에
게 다시 물었다.

"맛있니?"

동생은 우물쭈물거리다 맛이 있다고 답했다. 아
버지는 빈 밥그릇에 물을 부어 마셨다. 그리고 자
리에서 일어났다. 동생은 기분이 상했을 때마다
밥을 끼적끼적 먹는 버릇이 있었다. 아버지는 그
꼴을 못 봤다. 동생의 얼굴이 굴욕감으로 일그러
져 갔다. 식탁에는 수경과 동생만 남아 있었다. 동
생이 고개를 돌려 수경을 쳐다봤다.

"맛있냐?"

동생이 수경에게 물었다. 아버지와 똑같은 표정
을 하고서. 상한 기분은 끝내 수경에게로 배출되
곤 했다. 고개를 살짝 삐딱하게 하고 밥을 먹는다
거나 숟가락이 밥그릇을 긁는 소리가 바뀌었다거
나 하는 미세한 변화들을 수경은 빠르게 알아채게
되었다. 동생이 책가방을 침대에 던져놓았다거나
아버지가 손가락으로 머리를 쓸어 올렸다거나 하

는 행동들이 일종의 신호라는 것을 알게 되었다. 지진을 먼저 감지하는 작은 벌레들처럼 그랬다. 정작 수경의 기분이 상할 때에는 알아채주는 사람이 없었다. 수경은 그 사실이 가끔 서러웠지만 괘념치 않기로 했다. 수경에게는 수경이 있으니까. 스스로를 스스로 알아챌 수 있었다. 자신의 감정을 노출해도 되는 때와 그렇지 않은 때를 수경은 구별해낼 수 있었다.

이 능력이 수경을 여태껏 회사에서 버티게 했다. 회사의 재정 상태가 악화되고 직원이 한 명씩 해고될 때에도 수경은 회사에서 살아남았다. 제이가 자랑을 시작할 때마다 수경은 초조한 마음으로 맞장구를 쳤다. 제이의 눈동자가 흔들리는 것을 바라보면서. 어쩐지 불안하다고 생각하면서. 적당한 선에서 제이가 흡족해하며 말을 마치기를 바랐다. 맞장구를 쳐줄수록 제이는 상기되었다. 눈동자가 흔들렸고, 말이 빨라졌다. 말을 멈춰야 하는 시점을 지나친 이후부터는 내뱉고 있는 말이나 행동을 잘 제어하지 못하는 것 같았고, 그 때문에 스스로 허술한 점을 드러냈다. 정보를 과장하거나 말의 앞뒤가 맞지 않는 식이었다. 자신의 말이 엉

망이라는 사실을 제이도 알고 있다는 점이 문제였
다. 허술함을 만회하기 위해 애를 쓰다가 점점 엉
망이 되어갔다. 마침내 허탈한 표정으로 입을 다
물었다. 제이는 천천히 입을 열었다.

"내가 열한 살 때 부모님을 따라 호주로 이민을
갔는데, 영어를 못했습니다. 그때 많이 힘들었어
요. 이후로 사람들하고 있을 때면 계속 말을 하고
싶어요. 말을 안 하면 못 견디겠어요."

영어를 못했던 것과 지금 상황이 어떤 관계가
있는지 선뜻 이해되지는 않았지만, 수경은 고개를
끄덕였다. 제이는 고개를 들어 수경을 물끄러미
쳐다보았다. 제이의 눈빛은 외로워 보였다. 제이
의 외로움은 적어도 제이가 늘어놓는 자랑보다는
설득력이 있었다. 제이라는 사람의 심연을 훔쳐본
것 같은 착각마저 일으켰다. 자신이 어떤 방식으
로 허세를 부리는 사람인지, 그 허세가 타인에게
얼마나 가볍게 들리는지, 제이는 이미 알고 있었
다. 알고 있음에도 멈추질 못했고, 그것까지도 이
해받고 싶어 했다.

"너무 다 말을 해버리니까 힘이 들죠."

수경은 자신도 모르게 얼굴을 찡그리며 말했다.

입을 다물어달라는 속마음을 내비친 셈이었다. 실수를 했다는 걸 알아차렸지만 이미 늦었다. 제이는 눈을 동그랗게 뜨고 수경을 쳐다보았다.

"맞아요. 제 말이 그 말이에요."

제이의 얼굴이 환해졌다. 수경의 말을 전혀 못 알아들은 것 같았다. 침묵을 해도 고통스럽고, 말로 내뱉고 난 뒤에도 허무해지는 자신에 대해서 제이는 말을 하기 시작했다. 이후로 제이는 매일 같은 시간에 수경을 불러냈다. 미팅 핑계를 대며 자신의 상처를 하나씩 풀어놓았다. 자랑을 늘어놓는 순간에도 외로움으로 추락하기 위한 상승 곡선을 그려나갔다. 자신의 부모가 얼마나 대단한 분들이었는지, 자신의 핸드폰에 유명인의 연락처가 얼마나 많이 저장되어 있는지, 생일마다 얼마나 많은 선물이 들어오는지, 그러나 그것들이 자신을 얼마나 외롭게 만들었는지. 제이는 자신이 무엇을 가졌는지를 보여주고 싶어 했고, 동시에 자신이 가진 것들이 얼마나 공허한지 알아주길 바랐다. 어느 순간부터 수경은 제이가 일부러 자신의 외로움을 과장한다는 느낌이 들기 시작했다. 수경을 뚫어져라 쳐다볼 때, 제이의 눈빛에서 끈적거림이 느껴졌다. 제이는 이 순간을 즐기는 게 분명했다. 수경의 찡그림을 전혀 다른 성질의 것으로, 이를테면 호감 같은 것으로 착각했을 수도 있었다. 제이는 자신의 속내를 더 많이 보여주고 싶다는 욕망으로 상기되어 있었다.

수경은 대화 중에도 화가 나는 것처럼 보였다. 무릎 위에 올려둔 손으로 주먹을 꼭 쥐고 있었다. 고해성사를 하듯 자신의 외로움을 낱낱이 고백하는 제이의 모습을 상상하려 했지만, 영애는 쉽게 그 모습을 떠올릴 수 없었다. 제이는 사람들 앞에서 허탈함이나 외로움 같은 걸 내비친 적이 없었다. 자신의 말이 틀렸다는 걸 알게 되었을 때에도 더욱 뻔뻔하게 밀어붙였다. 유리온실의 천장 위로 별이 빼곡하게 내려앉았던 날을 영애는 떠올렸다. 제이는 카페의 불을 끄고 사람들에게 하늘을 올려다보라고 말했다.

"저기 삼각형으로 밝게 빛나는 별 세 개가 있죠. 그게 오리온자리예요. 일등성이 두 개나 있죠. 일등성이 제일 밝은 거예요."

직원 중 한 명이 하늘을 손가락으로 가리켰다.

"저기 훨씬 밝은 별이 있는데요."

정말로 하늘에 아주 밝은 별 하나가 떠 있었다.

"저건 별이 아닙니다. 인공위성 같은 거지."

직원은 고개를 갸우뚱거렸고, 주머니에서 핸드폰을 꺼내 앱을 켰다.

"목성이라는데요."

"내 말은, 목성도 인공위성하고 다를 게 없다는 거죠. 인공위성은 지구를 돌고, 목성은 태양을 돌고. 다 똑같이 돌고 있는 거 아닙니까. 아득하게 먼 곳에서부터 온 일등성 별빛하고 같다고 말하면 되겠어요."

답답하다는 듯 제이는 말했다. 제이의 말은 반만 맞았다. 인공위성을 별이라 말하지 않듯, 목성도 별은 아니었다. 행성이니까. 그러나 일등성을 밝은 별이라고 말할 수는 없었다. 밝아 보이는 별이었다. 등성은 별이 내뿜는 빛의 밝기에 의해 결정되지 않았다. 지구에 도달한 빛의 밝기에 의해 결정되었다. 절댓값이 아니었다. 목성이 가장 빛나 보이듯 가까운 별일수록 밝게 보이는 것이다. 하늘의 모든 별빛을 단숨에 햇빛으로 지워버리는 태양도 절대등급으로 따져보면 겨우 사등성에 불과했다. 아득하게 먼 곳에서부터 온 별빛은 볼 수 없다. 아무리 밝게 빛나더라도. 영애는 별에 대한 이야기를 하려다 입을 다물었다. 제이는 말하고 싶은 것을 언제나 말했다. 말할 것이 없을 때에도 말을 했다. 남의 이야기를 본인의 이야기로 교묘하게 가로챘다. 별에 대한 영애의 말을 듣는다면 제이는 어떤 방식으로든 반박할 것이다. 그러곤 언젠가 영애에게 들었던 이야기를 써먹을 것이다. 영애가 일을 그만두고 다음 아르바이트생이 일하게 되는 때일 수도 있었다. 카페의 불을 끄고, 제이는 말할 것이다. 아득하게 먼 곳에서부터 온 별빛은 볼 수 없다고. 그러나 영애의 이야기와는 전혀 다른 이야기가 될 것이다. 볼 수 없는 별빛조차 제이를 치장하는 데에 사용될 테니까.

"저를 좀 도와주시겠어요."

수경이 머뭇거리며 말을 꺼냈다. 수경은 내일도 미팅차 제이를 만나야만 했다. 자신이 제이의 사무실에 들어갔을 때, 어느 정도 시간 차를 두고 사무실에 들어와달라고 부탁했다. 사무실 한편에 있는 원두나 청소용품을 가지러 왔다고 핑계를 대면 될 거라고. 이후부터는 자신이 알아서 하겠다고 했다. 영애는 수경의 제안을 받아들였다.

영애는 창문을 열었다. 방마다 쓰레기통을 가져와 거실에 모았다. 페트병과 우유갑, 사용한 휴지와 음식물이 섞여 있었다. 비닐장갑을 끼고 쓰레기를 하나씩 꺼내 분류하기 시작했다. 영애는 어제 나눈 수경과의 대화를 곱씹었다. 어느 정도 시간 차라는 건 몇 분을 말하는 걸까. 오 분일 수도, 삼십 분일 수도 있었다. 영애는 은연중에 타이밍을 재고 있었다. 기왕이면 제이가 외로움을 털어놓고 있을 때, 그때 들어가고 싶었다. 그 순간 제이가 어떤 자세를 취하고 있는지, 어떤 눈빛을 하고 있는지를 영애도 보고 싶었다. 영애는 화장실 바닥에 널브러져 있는 수건을 줍고, 방을 돌며 베개와 침대 시트를 벗겨냈다. 빨래 더미를 안고 세탁기로 걸어가면서 벽시계를 보았다. 벌써 삼십 분이 지나 있었다. 두 시간 안에 청소를 마무리해야했다. 강릉에서 에어비앤비 청소 아르바이트를 시작한 건 이 년 전부터였다. 그전에 영애는 서울에서 청소도우미 일을 했다. 청소 일은 어렵지 않았다. 영애가 어려워한 건 시선이었다. 고객들은 영애가 움직일 때마다 영애를 쳐다봤다. 안방에 들어간다거나 장식장을 닦고 있을 때면 더욱 영애를 주시했다. 방을 옮길 때마다 졸졸 따라와 물끄러미 보고 있는 사람도 있었다. 처음에 영애는 고객이 자신에게 할 말이 있는 줄 알았다. 그래서 영애도 고객을 물끄러미 쳐다보았다.

"왜요?"

고객은 오히려 영애에게 물어보았다. 고객이 자신을 쳐다보더라도 똑같이 고객을 쳐다보아서는 안 된다는 것을 알게 되었다. 젊은 사람이 대견하다며 배달 음식을 시켜주는 고객도 있었다. 영애는 그때에도 시간을 계산했다. 주어진 시간 내에 청소를 끝내야 한다는 조건은 똑같았다. 밥을 먹는 시간만큼 숨을 돌릴 수 있는 시간이 줄어들 뿐이었다. 자꾸 말을 거는 고객도 있었다. 몇 살이냐거나, 어째서 다른 아르바이트를 두고 청소 일을 하냐거나 하면서. 영애는 청소가 적성에 잘 맞는다고 거짓말을 했다. 다른 아르바이트를 구하려 노력했지만 영애는 번번이 거절당했다. 영애는 중식당에서 일을 하며 서울 말투를 익혔다. 스피치 학원에 다니며 사투리 교정 강의를 받았다. 같은 한국말이지만 성대를 사용하는 방식이 달랐고, 목소리의 톤까지 바꿔야만 했다. 배우들이 복식호

흄과 발성 연습을 하고 아나운서들이 발음 연습을
하듯 영애도 그렇게 했다. 아무도 쉽게 국적을 알
아챌 수 없을 정도가 되었을 때 다시 아르바이트
면접을 보러 갔다. 몇몇 곳에는 합격했지만 적혀
있던 시급보다 낮은 금액을 제시했다. 국적을 바
꾸지 않는 한 소용이 없었다. 결국 청소도우미 일
을 택했다. 적어도 국적 때문에 시급이 깎이는 일
은 없었다. 업체에서는 영애를 반가워했다. 영애
는 청소도우미 중에서는 보기 드문 이십 대였고,
겉보기에 한국 사람처럼 보였다. 고객들도 영애를
좋아했다. 이전에 왔던 청소도우미는 조선족 아주
머니였는데, 우리와는 위생 관념이 다르다고 고객
은 말했다. 영애가 마지막으로 일한 곳은 타운하
우스였다. 똑같이 생긴 건물이 서른 개도 넘게 늘
어서 있었지만 그 건물은 한눈에 알아볼 수 있었
다. 그 집에는 일 층에 통창이 없었다. 머리만 빼꼼
내밀 수 있을 만큼 자그마한 창문이 붙어 있었다.
커다란 창문이 싫어서 일 층만 수리했다는 것은
나중에야 들었다. 삼 층짜리 건물에는 중년의 여
자가 혼자 살았다. 영애는 이 층과 삼 층의 청소를
맡았다. 이 층에는 세 개의 방이, 삼 층에는 다락방

이 있었다. 모두 여자의 자식들을 위한 공간이었
다. 이민을 간 자식들이 일 년에 한두 번 정도 그곳
을 찾아왔다고 했다. 어느 날인가는 셋째가 연락
도 없이 여자의 집을 찾아왔다. 셋째는 이틀을 묵
고 떠났다. 그리고 지금껏 오질 않았다. 여자는 셋
째가 왔을 때 그 방이 청소되어 있지 않았다고 말
했다. 먼지가 수북하게 쌓여 있었을 거라고. 그 때
문에 자식이 오지 않는 것일지도 모른다고 생각
했다. 영애가 이 층과 삼 층을 청소하는 동안 여자
는 일 층에서 올라오지 않았다. 영애는 마음 편하
게 청소에 집중했다. 한 달 정도가 지났을 때부터
일 층에서 쿠키를 굽는 냄새가 올라오기 시작했
다. 여자는 지퍼백에 쿠키 몇 조각을 싸서 영애에
게 주었다. 우리 아이들은 좋아했는데, 입에 맞을
지 모르겠다면서. 여자는 종종 외국에서 살고 있
는 자식들이 얼마나 외로울지에 대해 걱정했다.
언젠가 영애는 어째서 이 집에만 통창이 없는지를
물어보았다.

　"통창은 너무 잘 보이잖아요."

　바깥에서 집 안이 너무 잘 보여서 무섭다는 말
로 영애는 알아들었다.

"그렇네요. 안이 다 보이죠."

"아뇨, 밖이 너무 잘 보여요."

영애가 쿠키를 들고 집 밖으로 나서면 자그마한 창이 열렸다. 여자가 바깥으로 머리를 내밀었다.

"잘 가요. 조심히 가요."

영애가 멀어질 때까지 여자는 영애의 뒷모습을 지켜보았다. 영애는 자꾸 뒤돌아보았고, 돌아볼 때마다 목례를 했다. 여자의 표정이 서글퍼 보였다. 영애는 그 표정이 좋았다. 자식들이 떠날 때에도 여자는 그렇게 인사를 했을 거였다. 하루는 의자 위에 올라가 장식장 위의 먼지를 털다가 바닥으로 떨어졌다. 이십 분이 지나자 걷는 것이 불가능해졌다. 보다 못한 여자가 바지를 걷어보라고 했다. 무릎이 퉁퉁 부어 있었다. 택시를 타고 가겠다고 말했지만 여자는 영애를 차로 직접 병원에 데려다줬다. 그 타운하우스는 택시 출입이 불가능한 곳이었고, 정문까지 걸어가려면 십 분은 걸릴 거라면서. 회사에는 말하지 않을 테니 걱정 말라고, 다 사람 살자고 하는 일 아니냐는 말도 덧붙였다. 접수를 해줄 테니 신분증을 달라는 여자의 말에 영애는 지갑에서 외국인등록증을 꺼내줬다. 여자는 신분증과 영애를 번갈아 보았다.

　"한국 사람이 아니었네요."

　영애는 여자의 얼굴을 올려다보았다. 여자의 표정은 따뜻했다. 여자는 영애와의 약속을 지켰다. 어떤 일이 있었는지 회사에 말하지 않았다. 다만 청소도우미를 교체했다. 영애는 자신의 부상 때문이라고 생각했다. 다친 몸을 이끌고 청소를 하는 것을 염려한 선택일 거라고 여겼다. 영애는 여자에게 전화를 걸었다. 인대가 조금 늘어났을 뿐이라고, 보름 정도만 쉬면 회복될 거라고 말했다. 영애의 이야기를 잠자코 듣다가 여자가 말하기 시작했다. 여자는 영애가 자신을 속여왔다고 생각했다. 그러나 그것 때문에 영애를 해고한 것은 아니었다. 여자의 앞에서 영애가 당당하게 원래의 말투를 사용한 것에 여자는 분노했다.

　영애는 세제를 물에 풀었다. 손이 닿는 곳은 손이 닿아서, 손이 닿지 않는 곳은 손이 닿지 않아서 때가 쌓였다. 조리대와 테이블, 손잡이와 새시까지 모든 곳을 닦아야 맞지만 그렇게 해서는 청소를 끝낼 수 없었다. 때가 타지 않더라도 닦아야 할 곳과 때가 타더라도 그대로 두어야 할 곳을 정확히 구별해내는 것이 요령이었다. 고객의 시선이 어디까지 닿는지를 가늠해내야 했다. 식기세척기의 세제 통은 깨끗하게 닦지만, 세척기의 필터는 한 번도 교체하지 않았다. 집주인이 필터를 구입해주지 않았다. 영애는 살균 물티슈로 방들의 손잡이를 닦아나갔다. 샴푸와 바디클렌징, 키친타월과 주방세제 같은 것들이 얼마나 남았는지를 확인하고 채워두었다. 어쨌든 에어비앤비 청소를 맡게 된 이후부터는 고객과 마주칠 일이 없었다. 간혹 체크인 시간보다 일찍 도착하는 사람이 있었고, 그럴 때에만 피치 못하게 고객과 마주치곤 했다. 수경과도 그렇게 처음 마주쳤다.

그날 수경은 커다란 캐리어를 끌고 현관문으로 들어왔다. 영애는 시계를 확인했다. 체크인 시간까지 한 시간이나 남아 있었다.

"제가 예정보다 일찍 도착했어요. 캐리어만 두고 나가려고요."

마침 청소는 마무리 단계였다. 금방 끝이 날 거라고, 나가지 않아도 괜찮다고 영애는 말했다. 수경은 영애에게 강릉에 있는 맛집들에 대해 물었다. 영애는 자신이 알고 있는 식당 몇 군데를 수경에게 말해줬다. 그때까지만 해도 수경을 다시 마주칠 일은 없을 것이라 생각했다.

청소가 잘 마무리되었는지 영애는 다시 한번 확인했다. 모아두었던 쓰레기를 들고 아파트를 빠져나왔다. 그리고 제이의 카페로 향했다. 버스에 올라타며 영애는 그래도 카페 아르바이트를 해서 다행이라는 생각을 했다. 에어비앤비 청소 아르바이트는 고객이 입실이나 퇴실을 할 때에만 할 수 있었다. 중간 청소 서비스를 요청하는 경우도 간혹 있었지만, 어쨌든 이 아르바이트로 생계를 유지하는 건 불가능했다. 조선족 아르바이트생을 찾는다는 광고를 보고 영애는 제이의 카페를 처음 찾았다.

"표준말을 쓰네요?"

면접 자리에서 제이는 물었다.

"네. 고쳤어요."

영애는 억양에 신경을 써서 답했다.

"사투리도 쓸 수 있어요?"

영애는 고개를 끄덕였다.

"연변 말요."

"저도 이중 언어를 씁니다. 열한 살 때 호주로 이민을 갔거든요. 제가 지나갈 때마다 아이들이 '칭챙총'거렸어요. 칭챙총은 중국인을 가리키는 말인데, 걔네는 동양인이면 다 중국인인 줄 아니까요. 저희 부모님께서는 너는 중국인이 아니니까 화낼 이유가 없다고 가르치셨어요. 자기가 누구인지를 알고 있으면, 휘둘리지 않을 수가 있죠. 그러려면 언어를 잊어버려서는 안 됩니다. 카페를 구상할 때부터, 조선족분과 함께 일해야겠다고 생각했어요. 당당하게 자신의 언어로 말하고, 정당한 임금을 받는 경험이 우리한테 필요합니다."

제이는 인종차별에 대해 개탄하며 인종차별을 하고 있었다. 영애가 중국인이라는 사실을 전혀 신경 쓰지 않는 것처럼 보였다. 제이는 영애를 채용하는 데에 한 가지 조건을 걸었다. 카페에서는 표준말을 사용하지 말 것. 연변 말로 서빙을 하라는 것이었다.

"한번 들려주실래요?"

"고조 잘 부탁드립네다."

영애가 사용한 것은 연변 말이 아닌 평안도 말이었다. 북한군이 나오는 드라마에서 본 것을 어설프게 따라 해본 것뿐이었다. 제이는 흡족한 듯 고개를 끄덕였다. 중국인과 한국인도 구별 못하는 백인처럼.

영애는 바깥에서는 서울 말투를 썼다. 카페에서
는 아무 말투나 썼다. 연변 말을 쓰다가 평안도 말
투를 흉내 냈고, 강릉 말투를 따라 했다. 당연히 억
양도 사용법도 엉망이었다. 누군가 눈치채고 말을
꺼낼지도 모른다고 생각했지만, 아무도 알아채질
못했다. 카페에서 인사를 나눈 손님을 바깥에서
마주칠 때도 있었다. 동네 국숫집 사장 같은 분들
이었다. 그때마다 영애는 갑자기 말투를 바꿨다.
카페에서 알게 된 사람과 카페 바깥에서 알게 된
사람을 동시에 마주칠 때가 문제였다. 어떤 말투
를 사용해야 할지 난감했다. 타운하우스의 여자가
떠올랐다. 영애는 그들과 가까워지기 전에 몸을
휙 돌려 방향을 꺾었다. 빠른 걸음으로 걸어갔다.
도망치듯 빠져나갔다. 영애의 얼굴이 벌겋게 달아
올랐다.

영애는 정차 벨을 눌렀다. 버스 정류장에 내려
마을 안쪽까지 걸어가면 소나무 숲이 나왔다. 나
뭇가지 위에 눈이 수북하게 쌓여 있었다. 오솔길
을 따라 조금 더 들어가면 제이의 카페였다. 돔 형
태의 유리온실이었는데, 카페 내부에는 흙과 조

약돌이 깔려 있었다. 잎이 커다란 열대식물과 귤나무가 무성하게 자랐다. 수반에는 플로팅 캔들이 떠다녔다. 바깥은 한겨울이었는데, 내부는 한여름처럼 보였다. 카페에 들어서는 순간 다른 계절이나 다른 나라에 온 듯한 착각을 일으켰다. 지극히 한국적이면서도 지극히 이국적이었다. 영애는 나무 덱을 따라 카운터로 향했다. 카운터 아래에 가방을 넣어두고, 유니폼을 갈아입었다. 중간 시재 점검을 하면서 영애는 이 카페와 자신의 말투가 퍽이나 잘 어울린다는 생각을 했다. 서양식 유리 온실과 제주식 귤나무와 동남아식 열대나무. 잡탕 같다는 면에서 그랬다. 괜히 피식피식 웃음이 나왔다.

영애는 제이의 사무실 문을 여는 자신을 또다시 상상했다. 만약 타이밍을 잘 맞춰서 들어간다면, 그래서 고해성사를 하고 있는 제이와 눈이 마주친다면, 제이는 영애를 보고 어떤 표정을 지을까. 깜짝 놀랄까. 당황을 할까. 변명을 늘어놓을까. 영애는 문득 의문이 들었다. 외로워하는 제이의 모습 같은 걸 어째서 보고 싶은 걸까. 제이의 고독한 모습을 보며 속으로 비웃고 싶은 걸까. 상대의 슬픔 같은 걸 보며 위안이나 우월감을 느끼는 사람들이 있었다. 영애는 자신이 그런 사람인 걸까 잠시 생각해보았다.

문이 열리는 소리가 들렸다. 수경일까 싶어 영애는 문을 쳐다보았다. 다른 손님이었다. 영애는 시계를 보았다. 시간이 유난히 더디게 흘러갔다. 손님이 떠난 테이블을 닦으며 영애는 수경과 두 번째로 마주쳤던 순간을 떠올렸다. 이 카페에서였다. 그날 영애는 카페 문을 열고 걸어오는 수경을 단번에 알아보았다. 영애는 고개를 최대한 숙이고 포스기를 향해 시선을 돌린 채 주문을 받았다. 수경이 자신을 알아보지 못하기를 바랐다. 영애가 투잡을 하고 있다는 것을 카페 사람들은 몰랐다. 알아서 좋을 것이 없었다.

"여기서도 일하시나 봐요."

수경은 영애의 시선을 따라 고개를 기울여가며 반갑게 인사를 건넸다. 영애는 주변을 둘러보았다. 아무도 듣지 못한 것 같았다. 주문을 마친 뒤에도 수경은 테이블로 가지 않고 카운터를 기웃거렸다. 제이와 미팅을 하기 위해 서울에서 왔다고 수경은 말했다. 에어비앤비도 미팅을 위해 잡은 거라면서. 지갑에서 명함 한 장을 꺼내 주며 제이는 어디에 있냐고 물었다. 영애는 수경을 직접 제이의 사무실까지 안내했다. 카페 바깥으로 나가면 오른쪽에 자그마한 전원주택이 있었다. 절반은 창고로, 나머지 절반은 제이의 사무실로 사용되었다. 사무실이라지만 그냥 제이의 휴게 공간이었다. 사무실 문을 열기 전에 영애는 조심스럽게 수경에게 말했다.

"제가 청소 일 한다는 건 비밀로 해주시겠어요."

수경은 고개를 끄덕였다. 이후로 수경은 매일 같은 시간에 카페를 찾아왔다. 미팅을 해야 된다면서. 매번 영애가 수경을 사무실까지 안내했다. 카페 문을 열고 나와 사무실의 문을 열기까지의 시간. 그 짧은 시간 동안 영애와 수경은 짧은 대화를 나눴다.

"서울말 쓰는 것도 비밀인가요?"

수경이 물었다.

"비밀까지는 아닌데 비밀 같기도 하네요."

"저도 원래는 사투리를 썼거든요. 고치느라 고생을 많이 했는데."

수경이 영애를 보며 씨익 웃었다. 다음 날에는

영애가 먼저 수경에게 말을 건넸다.

"이중 언어를 쓰는 게 쉬운 일이 아니죠."

"이중 언어요? 저는 한국말밖에 못하는데요."

"한국 사람들은 사투리 쓰는 것도 이중 언어라고 표현하던데요. 연변 사람들은 사투리라는 말도 안 쓰지만."

"누가 그래요?"

"사장님이요."

수경은 걸음을 멈췄다.

"헛소리하는 사람을 거기 사투리, 아니 연변 말로는 뭐라고 해요?"

"쌔쓰개."

"사장님이 쌔쓰개시잖아요."

영애와 수경은 동시에 웃음을 터뜨렸다. 다음 날에도 영애와 수경은 대화를 나눴다.

"근데 무슨 미팅을 매일 해요?"

"그러게나 말이에요."

그다음 날에는 수경이 영애를 붙잡았다.

"끝나고 저랑 얘기 좀 할 수 있어요?"

그래서 영애는 수경과 이야기를 나눴다.

영애는 고개를 돌려 유리온실 바깥을 보았다.

제이의 사무실이 보였다. 가게를 지키는 다른 사장들과 달리 제이는 주로 사무실에 머물렀다. 제이의 사무실에 있는 창문으로 유리온실이 훤히 들여다보였으니까. 할 말이 있을 때면 제이는 카페로 전화를 걸었다. 의자에 앉아서 쉬지 말라거나, 테이블을 빨리 치우라거나 하는 얘기였다. 같은 공간에서 주시하고 있는 경우보다 더 불편했다. 언제 보고 있는지, 무엇을 보고 있는지 알 수가 없었다. 손님이 없어서 직원들에게 잡담을 늘어놓고 싶을 때만 제이는 어슬렁거리며 카페로 들어섰다. 왜 이렇게 손님이 없냐며 제이는 걱정스레 말했지만, 손님이 없는 시간을 반기는 것처럼 보이기도 했다. 직원들을 모아놓고 얘기를 하는 것을 좋아했으니까. 어쩌면 제이가 정말로 외로운 것일지도 모른다고 영애는 생각했다. 아프다는 꾀병을 믿어버린 나머지 정말로 아프게 된 사람처럼. 진심으로 호소하려 할수록 더욱 꾀병을 부려야 하는 사람처럼. 과장이고 연극이라 할지라도 제이가 고독을 표현하는 것을 보고 싶은 건지도 몰랐다. 이상하게도 제이의 고독은 영애에게 희망적으로 느껴지기까지 했다. 영애가 그동안 속으로 쌔쓰개라고 되뇌었던 수많은 사람, 영애가 들어야만 했던 가벼운 자랑과 가벼운 모욕들. 그 가벼움이 그들의 고독이라면. 그들이 허우적대고 있는 늪이라면.

수경은 다섯 시에 카페에 도착했다. 영애는 수경을 사무실로 안내했다.

"들어오실 거죠?"

영애의 소매 끝을 붙잡으며 수경이 물었다.

"그럼요."

영애가 답했다. 카페로 돌아와 영애는 초조하게 시계를 보았다. 이십 분이 지났을 때, 비품을 가지러 가겠다며 사무실로 향했다. 노크를 하고 문을 열었다. 제이의 표정은 밝았다. 너무 일찍 도착한 모양이었다.

"마침 왔네."

제이가 말했다.

"이분이 조선족 채용 과정에 대해 듣고 싶다고 하시네요. 저기 잠깐만 서 계세요."

영애는 문을 닫고 서 있었다. 바닥에서 로봇청소기가 돌아가고 있었다. 제이는 수경에게 그 로봇청소기에 대해 자랑을 하던 중이었다. 그것은 제이가 출시 한 달 전부터 예약을 해서 구입한 것이라고 했다. 센서가 마흔두 개나 부착되어 있어서 웬만한 텔레비전이나 냉장고만큼 값이 나간다고 했다. 가도 되는 곳과 안 되는 곳을 얼마나 정확하게 구별해내는지, 전선이나 옷가지 같은 물건들을 함부로 터치하지 않고 얼마나 잘 회피하는지가 로봇청소기의 급을 결정한다고.

"이쪽으로 와보세요."

제이가 영애를 바라보며 말했다. 영애는 제이를 향해 걸어갔다.

"아니, 여기 말고. 로봇청소기를 가로막아보세요."

영애는 로봇청소기 앞으로 걸어갔다.

"잘 봐봐요."

제이가 수경에게 말했다. 절대로 사람을 터치하지 않기 때문에 손님이 왔을 때 켜두어도 방해가 되지 않는다면서. 로봇청소기가 영애를 피해 방향을 바꿀 때마다 제이는 영애에게 로봇을 가로막으라고 명령했다. 영애의 발치에서 로봇은 인간을 피하기 위해 안간힘을 썼다. 멈췄고, 두리번거렸고, 후진했고, 회전했다. 움직임이 매끄럽지 않았다. 버퍼링이 걸려 있는 동영상처럼 버벅거렸다.

로봇을 가로막기 위해 영애도 더듬거리며 움직였다. 조선족 채용 과정에 대해 듣고 싶다며 수경이 몇 번인가 말을 꺼냈지만, 제이는 잠깐만 기다리라고만 말했다. 영애는 로봇과 함께 점점 방의 구석으로 향해 갔다. 제이는 로봇청소기 앱을 켜서 수경에게 자랑했다. 로봇은 어떻게 해야 할지 모르겠다는 듯 주변을 두리번거렸고, 결국 사람을 피해 장식장 밑으로 들어가버렸다.

"저 여기 있어요."

장식장 밑에서 목소리가 들려왔다. 로봇이 말을 했다.

"쟤가 왜 저기 들어갔지?"

제이는 핸드폰과 장식장을 번갈아 보았다. 장식장 아래는 로봇이 접근하지 못하도록 금지 구역으로 설정해둔 곳이었다. 제이는 어색한 웃음을 지어 보였다.

"쟤가, 원래 안 저러거든요."

"제가 꺼낼까요?"

수경이 자리에서 일어나려는 포즈를 취했다.

"아닙니다. 제가 꺼낼게요."

제이는 손바닥을 보여 수경을 제지했다. 바닥에

납작하게 엎드려 장식장 밑을 들여다보았다. 로봇
청소기를 향해 손을 뻗었다. 한쪽 어깨까지는 어
떻게 들어갔지만, 그 이상은 들어가지 않았다. 얼
마간 버둥거리다 제이는 장식장 바깥으로 빠져나
왔다. 바지 속으로 깔끔하게 넣어 입었던 셔츠가
불룩하게 튀어나와 있었다.

"제가 꺼내겠슴다."

제이는 말없이 영애를 한 번 노려보았다. 제이
의 그런 눈빛을 영애는 처음 보았다. 선을 넘지 말
고 입을 다물고 가만히 있으라는 경고였다. 그 눈
빛은 허세나 과장이 아니었다.

제이는 옷장에서 옷걸이를 꺼내 와 다시 장식장
밑으로 들어갔다. 그다음에는 현관에서 우산을 꺼
내 왔다. 조금씩 불룩해지던 셔츠가 바지 바깥으
로 완전히 빠져나왔다. 우산보다 더 긴 물건을 찾
아 주변을 두리번거리다가, 제이는 고개를 숙여
자신의 구겨진 셔츠를 내려다보았다. 바닥에 털썩
주저앉았다.

"안 나오네요."

제이는 수경을 바라보며 말했다. 그 순간 제이
의 눈빛에서 무엇인가가 사라졌다. 몸에서 힘이

빠져 어깨가 늘어졌다. 제이는 외로워 보였다. 제이는 입을 꾹 다문 채 몇 초간 수경을 바라보며 눈만 껌뻑거렸다. 제법 엄숙한 얼굴이었다. 그러고는 자기 삶이 로봇청소기 같다는 말을 하기 시작했다. 수경은 어쩔 줄 몰라 하며 영애를 바라보았다. 제이는 영애의 존재를 잊은 것 같았다. 아니, 알고는 있었다. 로봇청소기가 어디에 있는지를 알고 있는 것처럼.

"여기 있어요."

로봇청소기는 계속 말을 했다. 영애는 속이 후련해지는 것을 느꼈다. 저 인간은 외로움조차 모르는 것이다. 영원히 결단코 모를 것이다. 영애는 제이를 밀치고 장식장 밑을 들여다봤다. 로봇청소기를 향해 손을 뻗었다.

에세이

*

약간의 다름과
미묘한 같음

　스프링 노트 한 권을 펼친다. 종이를 후루룩 넘기다 멈춘다.

　'나는 슬픈 고향의 한밤, 홰보다도 밝게 타는 별이 되리라.'

　한 문장이 두 페이지를 차지할 만큼 글씨는 커다랗고 또박또박하다. 한 획 한 획 볼펜으로 여러 번씩 그어가며 적어두었다. 그 문장을 적던 밤을 기억한다. 나는 스물두 살이었고, 집 앞 벤치에 앉아 있었다. 자판기에서 뽑은 코코아 한 잔을 마시고 있었다. 그때 나는 집에 들어가기 전에 벤치에 앉아 코코아 같은 것을 마시며 삼십 분 정도 시간을 보내곤 했는데, 카페라는 것이 지금처럼 많지 않았던 그 시절 내 나름의 휴식 방법이었던 듯하다. 가끔은 가방에서 일기장을 꺼내 생각나는 몇 문장을 적기도 했다. 그날의 감정이나 특별한 일화일 때도 있었지만, 잊고 싶지 않은 문장이나 다짐 같은 것일 때가 더 많았다. 적어둔 문장은 임화의 시 「해협의 로맨티시즘」의 한 구절이다. 나는 열아홉 살 때 그 구절을 외웠다.

한동안 소설을 쓰다 잘 풀리지 않을 때면 옛날 일기장을 꺼내 보곤 했다. 그곳에서 어떤 힌트라도 얻기를 바라면서. 내 기억과 일기의 내용이 너무나 달라서 당황했던 적이 대부분이었다. 배스킨라빈스에서 아이스크림케이크를 사고 한정판 사은품으로 받은 크리스마스 양 모자를 쓰고 무척 행복했다고 기억되는 날에도, 십이월 삼십일일 밤에 인파로 북적이는 보신각에서 카운트다운을 외치며 불꽃놀이에 참여했던 날에도, 나는 우울하다고만 적어두었다. 집 앞 벤치 옆에 서 있는 가로등의 불빛이 어슴푸레하게 번지고 있는 것에 대해서는 적었지만, 손에 들고 있는 달짝지근한 코코아에 대해서는 적지 않는 식이었다. 일기 속 나는 대체로 여러 문제들(줄 세우기식 입시라거나 친구와의 다툼 같은 것들)로 고통받고 있고 고통에 대해 한탄하고 있다. 그 시절이 고통으로 가득했던 것도 분명 사실일 테지만, 그렇다고 기쁜 일이 아예 없었던 것은 아닌데. 어쨌든 몇 번인가는 일기에서 힌트를 얻어 소설을 완성했다. 현실과 기록의 불일치에 대해서였다. 현실에서는 말할 수 없었던 문제들, 털어놓을 수 없었던 속마음 같은 것을 일기장에만 기록해둔 것 같다는 생각이 들 때도 있었지만, 내 기록이 나조차 의식하지 못한 의도를 갖고 현실의 일부분을 누락해놓았을지도 모른다는 생각도 가끔 들었다. 중요치 않다고 판단한 장면, 잊어도 상관없다고 여겼던 장면들이 휘발되었을 것이었다.

지하련 작가의 소설을 리라이팅 해보면 어떠냐는 청탁을 받았을 때, 메일에는 이런 문구가 적혀 있었다. "시인 임화의 그늘에 가려져 과거에는 단순히 여성 간의 시기 질투로만 해석되어 오던 지하련 작가의 작품들". 이 문장을 보는 순간 나는 스물두 살의 나를 떠올렸다. 그때 내가 일기에 적어두었던 문장들과 적어두지도 않은 채 내 머릿속을 떠다니고 있는 장면들을 떠올렸다. 내가 필사한 문장의 그늘에 가려져 있는 것이 있다면, 그것은 무엇일까. 그때 내게 별처럼 쏟아졌던 문장들이 그토록 나를 밝힐 수 있었던 까닭은 무엇일까. 그 문장들이 어렸던 나에게 쉽게 접할 수 있는 위치에 배치되어 있었기 때문은 아닐까.

지하련 작가의 원고를 받아 읽고 가장 먼저 한 일은 관련 논문을 찾아보는 것이었다. 90년대 이전에 지하련 작가와 관련된 논문은 거의 없다시피 했는데, 그나마 존재하는 논문도 남편 임화와의 관계를 중심으로 서술되어 있곤 했다. 그 때문에 이 에세이를 쓰기 전에도 고민을 하지 않을 수 없었다. 이 지면에 임화 시인에 대한 이야기를 적는 것이 맞는 걸까? 적어도 이 지면은 오직 지하련 작가에 대해서만 적어야 하지 않을까? 그럼에도 임화 시인과 관련된 이야기로 이 글을 시작한 것은, 지하련 작가가 '그늘'에 가려져 있던 시간까지 내가 기억해야 마땅하다는 생각 때문이다. 한 명의 작가가 그늘에 가려진다는 것은 개인의 문제가 아니기 때문이다. 그의 글을 읽지 못하는 독자에게도 그늘은 함께 드리워진다. 한 편의 소설이나 시는 누군가에게 영향을 끼쳐 그 사람이 현재의 시간을 어떻게 인식할 것인가를 결정할 수도 있다. 만약 내가 열아홉 살 때 지하련 작가의 소설을 만

낳더라면 어땠을까. 모든 것을 기록하는 것이 불
가능한 현실에서 무엇을 적어야겠다고 생각하게
되었을까. 분명한 것은, 어떤 방식으로든 다른 문
장이 적혔으리라는 것이다.

*

잊어서는 안 되는 물건을 책상에 올려두는 버릇
이 있다. 부쳐야 할 택배 상자나 먹어야 할 약봉지,
읽다 말고 펼친 채로 엎어둔 책(엎어둔 책 위에 엎
어둔 책이 쌓인다)과 당근마켓에 팔기로 결정한 키
보드와 건전지를 바꿔야 하는 리모컨. 무엇인가를
잊지 않기 위해 갖은 수를 쓰다 찾아낸 비법이다.
책상에 올려둔 것을 나는 절대로 잊지 않는다. 책
상이 어지러운 걸 안 좋아하기 때문이다. 나는 매
일 책상을 보고, 물건을 볼 때마다 생각한다. 빨리
저 물건에게 제자리를 찾아주고 싶다고. 나는 최
대한 서둘러 그렇게 한다. 택배를 부치고, 약을 꼬
박꼬박 먹는다. 키보드를 더욱 낮은 가격에 팔고,
리모컨에 맞는 건전지를 사 온다. 깔끔해진 책상
을 보면 해야 할 일을 다 해낸 자의 뿌듯함이 밀려

온다. 다 했다, 다 제자리로 갔어.

지하련 작가의 소설들은 지금껏 내 책상 위에서 머문 것들 중 가장 오래 그 자리를 지켰다. 2021년 사월부터 오늘까지. 쓰다 만 원고나 수선을 맡겨야 했던 바지가 꽤 오래도록 놓여 있던 적은 있었지만, 이렇게까지 오래도록 그 자리에 있었던 적은 없었다. 봄맞이 대청소를 감행했던 날이나 가구의 배치를 바꾸겠다며 책상의 전선을 모조리 뽑아 정리했을 때에도, 지하련 작가의 소설들만은 같은 자리에 있었다. 물론 나는 그 소설들을 꽂을 수 있는 몇몇 자리를 이미 알고 있다. 가장 즐겨 찾는 책들을 꽂아두는 코너에 둘 수도 있다. 내가 쓴 소설과 연관이 있는 자료들을 모아둔 코너에 둘 수도 있다. 페미니즘 코너나 한국 근대소설 코너에 둘 수도 있을 것이다. 그러나 나는 그렇게 하지 못했다. 그 소설을 제자리에 두려면 내가 반드시 무엇인가를 해야만 하기 때문이다.

내가 해야 할 일. 지하련 작가의 소설을 나의 언어로 다시 쓰는 것. 솔직히 엄두가 나지 않았다. 2023년인 지금 읽어도 지하련 작가의 소설은 구시대적인 느낌이 전혀 들지 않았다. 물론 지금과

매우 다른 면도 많다. 지하련 작가의 소설 속에서는 서울 한복판에 전차가 다닌다. 짐을 맡기기 위해 주막을 떠올리고, 어둠이 내려앉으면 석유를 넣은 등잔에 불을 붙인다. '오라버니'라는 말을 대화에 사용하며, 저고리를 입는다.

지하련 작가는 1912년생이다. 돌아가신 나의 할머니와 비슷한 시대를 살았다. 할머니는 돌아가실 때까지 가스 불을 켜는 방법이나 정수기를 사용하는 방법을 익히지 못하셨다. 당연한 이야기지만, 지하련 작가는 '근대' 작가로 분류된다. 그런데도 지하련 작가의 소설은 요즘 출간되는 그 어떤 소설보다 요즘 소설 같았다. 그의 소설에 등장하는 남성 인물들은 마치 아는 사람처럼 친숙했다. 구체적인 얼굴을 떠올릴 수도 있었다. 명절 때마다 만나곤 했던 친척 오빠1(그는 입시학원을 다니던 내게 "학원 같은 곳을 다니며 하는 것이 무슨 공부냐"라고 꾸짖었다), 명절 때마다 만나곤 했던 친척 오빠2(그는 나와 말다툼을 하다 할 말이 없어지자 "네가 '솔직히'라는 말을 자꾸 하는 것이야말로 네가 솔직하지 않다는 걸 입증하는 거다"라며 내 말이 다 거짓말이라고 우겨댔다), 작가들의 뒤풀이 자리에서 빠진 적이 드

물었던 지긋지긋한 맨스플레인("여성 작가들은 역사에 대해서는 잘 모르잖아요?"). 그 얼굴들을 떠올리는 건 모든 것이 변한 것만 같지만 아무것도 변한 것 없는 현실을 마주하는 일이기도 했다. 우체통에 편지를 넣는 대신 SNS로 소통을 한다거나 등잔불을 켜는 대신 리모컨으로 LED등을 켠다거나 하는 것 말고 다른 것을 내가 찾아낼 수 있을까. 새롭게 쓸 수 있는 얘기가 없는 것만 같다는 생각 때문에 절망감마저 느꼈다.

소설을 쓸 수 없었던 기간에는 바깥을 돌아다녀도 지하련 작가의 소설 속을 걷고 있는 것만 같았다. 광화문 쪽을 걸을 때면 「가을」의 정예가 떠올랐고, 부모님이 계신 시골에 내려가 텃밭을 보고 있을 때면 「체향초」가 떠올랐다. 그러면 내가 살고 있는 현실과 현실 속 인물들도 마치 소설 속 인물들인 것만 같았다. 나는 주변을 두리번거리며 지하련 작가의 소설과 다른 부분을 찾아내기 위해 애를 썼다. 무언가, 정말로 변화한 게 없는 걸까.

소설을 쓸 수 없어 고민스럽다는 이야기를 친구에게 털어놓은 적이 있다. 친구는 나의 이야기를 듣고, 계속 자랑을 늘어놓는 남자가 나오는 이야

기를 써보라고 말했다. 나는 친구의 대답에 실망했
다. 왜냐면 그런 남자는 너무 흔하기 때문이었다.
나는 친구에게 말했다. 근데, 난 이제 그런 거에 화
도 잘 안 나. 자랑하고 으스대는 남자는 너무 많잖
아. 그리고 나는 그런 남자를 만났을 때의 대처법
을 이야기했다. 남자의 자랑이 길어진다 싶을 때면
내 몸은 버튼이라도 있는 것처럼 알아서 귀를 닫고
말을 흘려버렸다. 그럴 때 나는 남자 너머의 풍경
을 보며 생각을 하는데, 이를테면 '건너편 외국인
들이 비빔밥을 젓가락으로 먹고 있네. 이전에도 비
슷한 장면을 봤는데. 왜 숟가락을 쓰지 않는 걸까?'
같은 것들이었다. 친구는 그런 게 잘 되지 않는다
고 했다. 말을 흘려듣는 것이 안 돼서 자랑을 끝까
지 다 들어야만 했다고. 그리고 덧붙였다. 정말 견
디기 어려운 건 자랑이 아니야. 자랑 끝에 달려 나
오는 쓸쓸함이지. 지식인 남성들은 자랑만 늘어놓
지는 않았다. 그들도 아는 것이었다. 자랑하는 남
자가 별로라는 것을. 그러나 자랑을 포기할 수는
없었으므로, 자기가 자랑하고, 자기가 자기 자랑을
쓸쓸해하고, 그 쓸쓸함도 자랑했다.

　자랑도 시대에 맞춰 변화를 했구나. 그 시대의

남성들이 그 시대의 남성답게 깨어 있었듯, 지금
의 남성들도 지금의 남성답게 깨어 있구나. 비빔
밥과 젓가락에 집중하느라 미처 알아채질 못했다.
나는 그제야 고개를 끄덕였다. 약간의 다름과 미
묘한 같음이 교차되는 순간이었다. 소설은 거기에
서 시작되었다.

*

내가 말을 잘 못하기 때문에 소설을 쓰게 된 것
같다고, 몇 번인가 나는 말한 적이 있다. 유난히 말
이 느리며 준비되지 않은 말을 즉흥적으로 잘 못하
기는 한다. 해야 할 말을 그 자리에서 말하는 일에
나는 서툴다. 이런 나의 성격 때문에 스스로도 답
답함을 느끼며 머리를 쥐어뜯듯 할 말을 적어둘 때
가 있었는데, 가끔은 그게 의아했다. 나는 어린이
토론 대회에서 일등을 한 적이 있었다. 토론에 자
신 있다는 이유로 내가 동의하지 않는 입장을 일부
러 선택해서 토론 대회에 참여한 적도 있었다. 언
제부터 나는 말을 잘 못하는 사람이 되어버렸을까.
내 성격을 만든 것이 온전히 나 자신만은 아니었다

는 걸 나는 이제 안다. 말을 해도 묵살당하는 경험을 반복하게 되는 여성들은 자기 나름의 방편을 찾게 되기 마련인데, 방편을 잘 찾지 못한 채로 말로부터 멀어지는 사람도 있는 것이다. 그런 면에서 보자면 나에게 문학이란 여성으로 살아온 나를 기다려준, 여성인 나의 편에 서준 여성의 언어다.

이 에세이를 다 쓰고 지하련 작가의 리라이팅 작업이 수록된 책이 출간되고 나면, 나는 지하련 작가의 원고를 원래의 자리로 옮겨놓을 것이다. 임시로 두는 내 책상이 아닌, 영구히 둘 어느 자리. 그 자리를 어디로 해야 할지는 아직 정하지 못했다. 어쩌면 지하련 작가의 소설은 내 책상 위에서뿐만 아니라 사회에서도 아직 제자리를 찾지 못했다는 생각이 든다. 너무나 오랜 시간 동안 그러했던 것 같다. 이 글을 읽고 계실 독자분들도 어딘가이 책을 두게 될 것이다. 침대 머리맡일 수도 있고, 화장실 변기 옆일 수도 있고(누군가는 그 자리에 좋아하는 책을 둘 수도 있다), 소파 옆 협탁이거나 자주 들고 다니는 가방 안일 수도 있을 것이다. 그곳이 어디든, 지하련 작가가 더는 어느 '그늘'에 가려진 곳에 있지 않기를 바란다.

해설

*

가장 깊은 사랑, 가장 깊은 사람

박혜진

(문학평론가)

1. 가족 없는 가족 이야기

푸르스름한 토마토를 1센티미터 두께로 썰어 소금을 뿌린 후 물기를 제거한다. 계란에 맥주를 섞어 거품이 일 때까지 잘 저어준다. 토마토에 밀가루를 살짝 뿌린 후 계란물을 고루 입힌다. 계란물을 입힌 토마토에 빵가루를 입힌 뒤 기름에 10분 정도 튀긴다. 튀겨낸 토마토를 키친타월에 건져 기름기를 제거하고 소금을 살짝 뿌리면 설익어 먹을 수 없을 것 같았던 토마토가 맛있는 음식이 된다. 패니 프래그의 소설『프라이드 그린 토마토』에 등장하며 널리 알려진 이 메뉴는 미국 북동부와 중서부 지방의 음식이다. 추운 날씨 때문에 첫서리가 올 때까지도 익지 않은 토마토를 활용하기 위해서 고안된 이 레시피로 인해 야채의 떫은맛과 지방의 느끼함이 조화를 이루는 훌륭한 디저트가 탄생한 것이다.

먹을 수 있을 때까지 기다리는 대신 지금 먹을 수 있는 방법을 생각해내는 데에서 많은 레시피가 만들어졌다. 그런 점에서 레시피의 역사는 척박한 환경 속에서도 자기 운명의 주체가 되며 살아온 인간 삶의 역사와 닮았다. 소설에서 이 설익은 토마토는 두 여성이 운영하는 카페를 대표하는 메뉴다. 오직 자기 뜻대로 살아가는 여성 이지, 이지와 깊이 교감하며 평생을 함께한 루스. 두 사람의 인연은 이지의 오빠를 통해서 시작됐다. 오빠의 여자 친구였던 루스와 오빠가 가장 아끼는 동생 이지는 갑작스럽게 찾아온 오빠의 죽음으로 인해 더 이상 만나지 않는 사이가 되지만, 루스가 다른 남자와 결혼한 뒤 불행한 결혼생활을 하고 있다는 사실을 안 이지는 그녀를 지옥 같은 집으로부터 해방시켜 준다. 두 사람은 함께 식당을 운영하는데, 이 식당의 대표 메뉴가 바로 프라이드 그린 토마토다. 편견대로라면 먹지 않을 음식인 푸른 토마토가 훌륭한 음식이 된 것처럼 세상의 편견대로 살지 않은 두 사람은 누구보다 더 삶을 사랑하며 살았다.

여성들이 나누는 다양한 감정들과 그들 삶을 지속시켜 준 연대의 힘을 다루고 있는 이 소설에는 한 가지 특징적인 서사적 장치가 있다. 두 사람의 관계가 어떤 방해도 받지 않고 본연의 모습으로 발현되기 위해서 '가족이 될 수 있는 가능성'이 선제적으로 삭제되었다는 것이다. 오빠의 죽음은 두 사람의 관계가 시누이와 올케라는 가족의 범주에 포섭될 가능성을 전면적으로 차단한다. 한편 액자식 구성을 취하고 있는 이 소설에서 1920년대 이지와 루스의 이야기는 현재 시점에서 그들을 기억하는 한 사람에 의해 전해진다. 요양원에서 지내는 노부인 스레드굿이 바로 그 사람이다. 스레드굿은 요양원을 찾은 중년 부인 에벌린에게 두 사람의 사랑과 우정을 이야기해 주는데, 에벌린이 생면부지의 할머니가 들려주는 이야기를 듣게 된 계기 역시 가족으로부터의 차단 때문이었다. 남편의 숙모가 입원해 있는 요양원을 방문할 때마다 치매에 걸린 숙모에게 문전박대를 당한 에벌린은 우연히 스레드굿과 대화하게 되고, 점차 스레드굿이 들려주는 이야기를 듣기 위해 일정이 없을 때 조차 홀로 요양원을 찾는다. 이지와 루스의 사연을 들으며 에벌린은 자기 삶의 탈출구를 찾는다. 세상의 편견이 요구하는 가족과 아내상을 만족시키기 위해 불만족스럽게 살아가던 자신에게서 벗어나 드디어 자기의 삶을 사는 계기를 마련한다. 모두의 가족은 누구의 가족도 아니다. 가족에 갇혀 있던 여성들의 이야기는 자신의 행복을 얻기 위해 가족과 무관해지는 '입사 의식'을 치른다.

삶의 어떤 조건들에 대해서는 기다림이 최선의 방법이 되지 않는다. 익을 때까지 기다릴 수 없어서 익지 않아도 먹을 수 있는 레시피를 발견하는 것과 같은 대응 방식이다. 가족은 관계의 틀을 제공한다. 틀은 관계 안에서 역할을 부여한다. 여성들의 연대와 우정, 그리고 사랑을 그린 고전으로 자리매김한 「프라이드 그린 토마토」가 두 시대의 서사에 공통적으로 전통적인 개념인 가족이라는 관계망을 이야기에서 제거했다는 사실은, 가족이라는 관계가 변화할 때까지 기다리는 것보다 가족 없이, 혹은 가족으로 살아가는 다른 레시피를 도모하는 것이 우리 삶을 변화시키는 더 효과적인 방법이기 때문이다. 따라서 여성 서사의 한 전략에 빼기의 기술이 있는 것은 필연적이다. 여성의 삶을 테마로 한 소설의 레시피에는 무엇을 쓸 것인가에 대한 고민보다 무엇을 쓰지 않을 것인가에 대한 고민이 심각할 수밖에 없다. 기존의 가족 개념을 제거한 뒤 새로운 가족을 도모하며 여성들의 연대를 그린 다수의 서사들과 비슷하면서도 다르게, 지하련의 소설에는 사랑과 이념에 대한 관조적 시선과 지적인 회의가 있다. 사랑 없는 이념은 공허하고 이념 없는 사랑은 부박하다.

2. 사랑 없는 결혼, 결혼 없는 사랑

〈팬텀 스레드〉는 사랑의 실체를 가장 적나라하게 정의하는 영화라고 생각한다. 영화의 주인공은 런던 사교계의 유명 디자이너 레이놀즈와 그가 아침을 먹으러 간 식당에서 첫눈에 반한 웨이터리스 알마다. 여성 편력이 심한 레이놀즈와 알마의 관계는 불안하게 지속되지만 그러한 불안정에도 불구하고 두 사람은 서로를 벗어나지 못하는 의존적 관계가 되고, 한편으로는 서로에 대한 의지만이 두 사람의 공존을 가능케 하는 조건으로 작용한다. 두 사람의 의존증에는 결정적 계기가 있었다. 알마는 편집증과 불안증이 있으며 자신이 아프다는 사실을 세상에 알리고 싶지 않아 하는 레이놀즈가 육체적으로 아플 때 자신에게 전적으로 의지한다는 사실을 알게 된다. 이후 관계가 멀어질 때마다 알마는 레이놀즈가 먹을 음식에 죽지 않을 만큼의 독버섯을 넣고, 남자는 자신의 몸을 전적으로 여자에게 의탁하는 데에서 안정을 느낀다. 이들의 관계에는 사랑이 지닌 속성을 암시하는 바가 있다. 이들의 사랑은 병리적이다. 두 사람의 결합은 타인을 전적으로 통제하거나 타인에게 전적으로 통제됨으로써 가능하다. 그러나 이러한 병리적 속성이 가져오는 이로움이 있으니, 그것은 바로 대등함이다. 옷을 만드는 남자와 그가 만든 옷을 입는 여자의 관계는 결코 대등할 수 없다. 그러나 남자가 병약해질 때 두 사람의 위계는 역전되고, 이로써 두 사람은 대등한 관계가 된다. 대등하지 않을 때 사랑의 실존은 빛의 속도로 사라진다.

가정의 출발은 결혼이다. 결혼의 출발은 적어도 사랑이다. 그렇다면 사랑은? 사랑은 대등함에

서 출발하고 대등함이 지속되는 동안만 사랑은 유
효하다. 대등하지 않은 사랑도 사랑이라 불릴 수
는 있다. 그러나 그 사랑은 결코 실존적인 사랑일
수는 없다. 「결별」과 「가을」은 결혼과 사랑의 불일
치를 통해 결혼에 대한 오래된 신화의 허위를 들
춰낸다. 「결별」은 기혼 여성인 형예가 친구 정희의
결혼식에 참석하는 하루를 그린 소설이다. 그런데
친구의 결혼을 축하하러 가는 길이 마냥 즐겁거
나 편하지가 않다. 결혼에 대한 형예의 마음이 편
치 않은 까닭이다. 정희의 집에 가기 위해 자리를
털고 일어서기까지 형예는 갖은 생각을 하고 누워
있었다. 그 생각이란 자신이 남편을 사랑하지 않
는 것은 아닐까 하는 의혹으로, 형예의 마음이 진
전되는 바를 들여다보고 있으면, 그 의혹의 핵심
에는 남편에 대한 불만이 있다. 형예와 의견이 맞
지 않을 때 남편이 말버릇처럼 하는 말이 있다. "아
무것도 아닌 것 가지고…… 내 암말도 않으리다"
하고 정리해버리는 태도다. 형예가 이 말에서 불
편과 불만을 느끼는 것은, 그것이 자신을 대등한
존재로 보지 않는 것을 드러내기 때문이다. 짧은
이 말에는 형예가 중요시 여기는 것을 사소한 것

으로 판정하고, 형예와의 대화를 자신이 일방적으로 끝낼 수 있는 것으로 생각하는 태도가 있다. "남편이 좋아지지 않는 죄"이자 "그 남편을 끝내 싫어한 죄"는 무엇에, 혹은 누구에게 저지른 잘못일까. 친구 결혼식에 참석하는 형예는 스스로가 가정이라는 원고를 대상으로 서 있는 피고의 입장같이 느껴질 만하다. 형예의 '결별'은 남편과의 실존적 사랑에 대한 결별일 테고, 그 이유는 그들 사이에 대등함이 깨어져버렸기 때문일 것이다.

남편을 사랑하지 않는 마음에 대한 「결별」과 반대로 「가을」은 누군가의 남편을 사랑하는 죄에 대한 소설이다. 「가을」은 확연하게 기울어진 대등함이 서서히 균형을 맞춰가는 구조로 진행된다. 「가을」은 화자인 석재가 아내의 친구 정예를 바라보는 시선에 생기는 변화의 과정을 그려 보인다. 석재는 타인의 심리에 제법 민감한 사람이다. 퇴근하면서 "먼저 가겠다"고 말하지 않고 "뒤에 나오겠소" 묻는 동료의 심리를 놓치지 않을 만큼. 그러나 그런 섬세한 심리의 소유자라 하더라도 여성을 바라보는 시선만큼은 그토록 섬세하지 못한데, 몸이 좋지 않아 귀향했다고 들은 정예는 석재의 눈

에 어딘가 그늘이 진 어두운 여자처럼 보인다. 그
런 다음엔 이상한 여자로, 훗날 자신을 향한 특별
한 마음을 들었을 때조차도 "고백병"부터 의심할
정도다. 물론 정예에 대한 석재의 판단은 모두 그
녀의 연애와 결혼과 관련한 풍문에 근거한 것이
었다. 석재에게는 정예가 어떤 사람인지와 무관하
게, 정예가 어떤 사람이어야 하는지에 대한 생각
이 먼저 자리하고 있었던 탓이다.

> 그는 다시금 불쾌했다. 조금도 성실치 못한 그저
> 경박하고 방종한 성격의 표현 같기만 해서 일종
> 증오에 가까운 감정이 없지 않았으나 역시 좀체
> 로 사라지지 않는 것은 조금 전 그 알 수 없는 얼
> 굴이었다. 뭘 후회하는 얼굴이라면 좀 더 치사해
> 야 하고, 이것도 저것도 아니라면 훨씬 더 분별이
> 없어야 한다.(145쪽)

석재의 이런 생각에 따르면, 정예가 없는 곳에
서 정예의 얼굴은 이미 결정되어 있었다. 그러나
정예가 요청하고 석재가 승낙하며 이루어진 만남
의 자리에서 석재는 정예의 유별난, 그러나 진지

한 연애론에 대해 듣게 되고, 자신을 향해 품어왔던 마음을 들으며 비로소 처음으로 정예의 얼굴을 정면으로 바라본다. 그제야 정예를 향한 마음에 편견들이 사라지는 듯하고, 편견이 사라진 자리에 정예의 표정과 눈물이 보인다. 이상한 여자이자 병적으로 고백을 일삼는 여자로 비추어졌던 정예는 점차 자신의 마음을 있는 그대로 고백하는 용기를 낼 수 있는 한 인간으로 비추어진다. 사랑의 진행 과정은 곧 대등함의 진행 과정과 일치한다. 지금은 죽은 석재의 아내가 살아생전 자신의 연적이 될 수도 있을 정예를 남편에게 거리낌 없이 소개하고 정예가 쓴 편지를 남편에게 전하는 일마저 무람없이 응했던 데에는, 정예를 통해 남편과 자신의 대등함을 대리 실현하려던 욕망도 있었을 것이다. 지하련은 사랑이 위험물로 취급되던 시기에 무려 사랑에 내재된 대등함의 속성마저 간파했던 작가였다. 「가을」이 결혼한 남자를 사랑하는 한 정예의 욕망과 정예의 욕망을 있는 그대로 바라보기까지의 거쳐야 하는 관습적 시선의 지난함에 대한 소설만은 아닌 이유가 여기에 있다. 「가을」은 대등함이야말로 사랑의 이름이고, 사랑을 추구하는 여

성들의 서사는 대등한 관계를 추구하는 인간의 서
사에 다름 아님을 보여준다.

3. 병든 남성들의 초상

앞선 두 편의 소설이 지하련이 천착한 사랑과
가족에 대한 탐색이었다면 「체향초」와 「종매」는
이념의 시대에 자신들이 추구하던 가치로부터 어
떤 응답도 받지 못한 채 패배한 지식인들의 내면
에 깊게 자리한 열패감과 심리적 패배 의식을 관
조하며 비판하는 작품이다. 과장된 풍자소설이나
퇴폐적 상상력, 과잉된 비하 의식으로 점철된 식
민지 지식인에 대한 전형적인 묘사들과 달리 지
하련의 소설에서 드러나는 지식인은 자부심이 사
라지며 존재의 뿌리를 잃어버린 우울한 마음의 소
유자들이다. 이들을 향한 관찰자적 시선은 상당히
개성적이다. 공통적으로 관찰 대상과 남매의 관계
를 맺고 있다는 것은 그들의 심리를 보다 객관적
으로 관찰할 수 있는 조건이 된다. 욕망이 투사되
지 않을 뿐만 아니라 혈연관계는 삶의 변곡점마다
관계가 끊어지지 않고 오랜 시간 동안 바라볼 수

있는 조건이 된다. 이로써 지하련의 지식인 소설
은 식민지 말, 패배 의식으로 가득한 지식인 남성
의 심리적 현실을 사실적이면서도 적나라하게 관
찰할 수 있는 조건을 갖춘다.

「체향초」는 말 그대로 고향에 체류하면서 겪은
이야기다. 주인공 삼희는 병을 치료하기 위해 고
향에 내려와 오라버니를 관찰하게 된다. 고향에
둥지를 틀고 농사를 지으며 소소한 나날을 보내는
오라버니에게서 더 이상 사회주의자의 면모는 느
껴지지 않는다. 그런데 잠자코 바라보는 그에게서
삼희는 일찍이 발견하지 못했던 퇴행적인 사고방
식을 발견하게 된다. 오라버니는 연일 태일이라는
남자에 대해 이야기하며 그가 대단한 사람인 것처
럼 숭상하지만, 삼희로서는 태일을 향한 오라버니
의 흠모가 좀처럼 납득되지 않는다. 한번은 오라
버니의 방에 들어갔다 그가 그려놓은 그림을 바라
보고 깜짝 놀랐던 일이 있었다. 그 그림이라는 것
이 하나는 건장한 남성의 모습이고 다른 하나는
그와 확연히 대비되는 초라한 남성의 모습이다.
전자는 태일의 초상을 그린 것이고 후자는 자신의
초상을 그린 것이 틀림없다. 오라버니에게 태일은

자신이 잃어버린 "자랑"을 가진 사람이다. 그 자랑을 구성하는 것은 "생명"과 "육체"와 "훌륭한 사나이"라는 "남성의 세계"에 속한 가치들로, 삼희의 눈에 이는 다분히 과장된 것으로만 보인다. "과장이란 본시 유치한 감정일 것 같"다고 말하는 삼희의 눈에 오라버니는 "자랑"의 세계에도 속하지 못하고 그렇다고 생활의 세계에도 속하지 못한 "외인부대"처럼 보인다. 오라버니는 그사이 이방인이 되었다.

「체향초」에서 삼희의 눈에 비친 오라버니가 자신이 이상화하고 있는 남성상에 굴복되어 자기혐오에 빠진 남성 지식인의 우울을 그리고 있다면 「종매」에서는 이러한 갈등의 양상이 보다 집단적이고 구조적인 형태로 드러난다. 소설은 병을 앓고 있는 한 사람으로 인해 형성된 일시적 공동체를 그리고 있다. 어느 날 사촌 동생 정원의 편지로 부름을 받은 석희는 정원이 지내고 있는 운각사로 향한다. 그곳에서 석희는 정원이 돌보고 있는 철재라는 병든 화가를 만난다. 정원에 의하면 둘은 연인 관계가 아니며, 그저 아픈 사람을 홀로 둘 수 없는 데에서 비롯된 연민에 가깝다는 것인데, 곧이어 동

경 유학 시절 석희와 함께 지냈던 태식이 합류한
다. 철재의 질병으로 연결된 일시적인 공동체는 철
재의 병이 호전되어 감에 따라 느슨해진다. 이러
한 변화는 질병으로 연결된 이들 관계가 사실상 취
약한 기반 위에 위선적으로 형성된 공허한 집단임
을 말해준다. 더욱이 처음부터 이들은 철재와의 관
계에 무감할 뿐만 아니라 당사자인 철재 스스로도
자신의 병에 대해 무관심한 경향을 보인다. 이들에
게는 집단이라는 형상만 있을 뿐, 집단을 영속시킬
이념은 애초에 존재하지 않았던 것이다.

문제는 이제 이들이 어디로 돌아가야 할지 알
지 못한다는 것이다. "철재의 병으로 하여 이루어
졌던 어떤 공동한 생활 분위기로부터 이젠 각기
자기 처소로 돌아가야 할 때"가 오자 석희는 암자
에 있는 철재와 큰절에 있는 태식을 오가며 분주
하다. 부산스러운 석희의 모습은 이념 없는 자들
이 갑작스럽게 맞이한 변화의 상황에서 갈피를 잡
지 못하는 모습을 반영한다. 암자에 있는 철재의
침울하고 병든 모습은 나약한 자신의 내면을 반영
한다. 반면 큰절에 있는 태식의 웅변적이고 개방
적인 모습은 석희 자신에게 결여되어 있는 화려한

모습을 반영한다. 이념이 비어 있는 가운데 석희가 철재와 태식 사이에서 갈등하는 모습을 보이는 것은, 그들의 상실이 실은 그들 자신의 상실일 가능성을 의심케 한다. 그러나 식민지하 지식인들이 서로를 붙들고 있었던 공동체가 실은 이토록 허약하고 공허한 공동체였음을 간파하는 지하련의 관조는 냉소적 비판이기보다 그 자신 또한 "하이칼라"로서 좌절한 지식인들에 대한 내부고발이자 진정성 있는 성찰에 가깝다. 내부자인 동시에 외부자로서 취하는 안과 밖의 시선이 지하련 소설을 소재나 메시지로 단순하게 환원되지 않는 다성적 목소리를 부여한다.

4. 겹으로 된 인간

임솔아가 다시 쓴 소설 「제법 엄숙한 얼굴」의 제목은 「체향초」에 등장하는 표현으로, 고향집에 내려가 몸을 추스르고 오라버니의 변화된 양상들을 관찰하던 삼희가 오라버니의 심기를 건드리며 자기주장을 굽히지 않는 한 진지한 청년을 만나 각별한 인상을 받은 것이 계기가 되었다. 삼희는 청년의 얼굴을 설명하며 "웃지 않으면 꽤 엄숙한 얼굴이면서도, 웃으면 순결해" 보이는 특징을 언급한다. 그러나 이 부분은 특정한 상황에 대한 묘사일 뿐만 아니라 삼희가 그날 밤 그 청년에 대해 생각하면서 가닿은 인간론의 핵심을 드러내는 표현이기도 하다. "꽤 엄숙한 얼굴"에는 한마디로 특징지을 수 없는 한 인간의 무수히 많은 특징들이 담겨져 있고, 그 얼굴이 그토록 다양한 겹겹의 일면에 불과하다는 것을 인식하는 것이야말로 일찍이 「결별」의 형예와 「가을」의 정예가 추구했던 대등함으로서의 사랑이기 때문이다. 아래의 인용은 삼희가 궁극의 인간이란 무엇인가에 대한 대답을 찾아가는 과정을 살펴볼 수 있는 부분이다.

청년이 돌아간 후, 야심해서까지, 삼희는 청년을 두고 여러 가지로 생각을 해보았다. 그런데 생각을 해볼수록 청년이 꼭 겹으로 된 사람 같았다. 한 겹을 벗기면 또 속이 있고, 또 벗기면 속이 있어 어떠한 사람이고, 사태고 간에 그 겹겹에서, 능히 허용될 수 있고 받아들일 수 있는, 또 달리는 어떠한 사람과도 어떠한 사태와도 그 스스로가 허

하지 않는 한, 결코 타협할 수 없는, 가장 독립한
인간으로 생각되었다. 그래서, 이것이 이중성격
이니, 표리부동이니, 하는 상식적인 어의의 한계
를 넘어서, 진정한 사람의 '깊이'를 말하는 것이
라면, 이 청년은 장차 제법 걸물傑物일 거라고까
지 생각을 해보았으나, 그러나, 다른 한편으로 이
러한 제 모양이 어째 수다한 것 같은 인상을 주기
도 해서, 삼희는 곧 벽을 향하여 돌아눕고 말았다.

(82~83쪽)

임솔아 소설에 등장하는 인물들의 얼굴에서 우
리는 앞서 읽은 네 편의 소설에 등장하는 인물들
의 얼굴을 다시 조우하게 된다. 1940년대에 쓰인
얼굴들에 비하면 훨씬 복잡한 맥락과 그럴듯한 명
분이 있지만 맥락과 명분 아래에는 80년 동안 더
교묘해진 얼굴이 숨겨져 있다. 하나의 얼굴에서
이전부터 이어져온 다른 얼굴을 찾는 과정은 상반
된 감정을 동시에 불러일으키는 경험이기도 했다.
우리가 사는 세상이 이전의 세상보다 더 진보했
음을 증명하는 숱한 사실들에도 불구하고, 여전히
어떤 폭력들은 더 취약한 사람들을 찾아내 그들을

숙주 삼아 진화를 거듭해간다는 것 역시 인정할 수밖에 없기 때문이다.

아르바이트생 영애의 얼굴에는 형예와 정예의 얼굴이 있고, 카페 대표 제이의 얼굴에는 「체향초」와 「종매」에서 반복해 등장하는 남성 지식인들의 얼굴이 있다. 강릉에서 에어비앤비 청소 아르바이트와 카페 아르바이트를 하는 영애는 겉보기에 한국 사람처럼 보이는 중국인이다. 영애가 한국 사람처럼 보인다는 것은, 영애를 한국 사람처럼 본다는 것이기도 하다. 실제로 영애를 힘들게 한 것은 영애가 하는 일이라기보다 영애를 바라보는 시선이었다. 서울에서 청소 도우미 일을 할 때도 일방적이어서 폭력적인 시선들이 늘 그를 괴롭혔다. 한번은 청소 일을 하다 해고된 적 있는데, 자신 앞에서 "당당하게 원래의 말투를 사용한 것"이 이유였다. 영애는 서울 말투를 익혔다. 목소리의 톤도 바꾸었다. 영애가 한국 사람처럼 보이는 것은 영애가 한국 사람처럼 보이기 위해 자신을 수정했기 때문이다.

한편 영애는 제이라는 대표를 관찰한다. 호주로 이민 갔다가 동양인을 비하하는 문화 때문에 상

처받는 경험이 있는 카페 주인 제이는 카페를 구
상할 때부터 조선족과 함께 일해야겠다고 생각했
다. "당당하게 자신의 언어로 말하고, 정당한 임금
을 받는 경험이 우리한테 필요"하다고 말하는 그
는 영애에게 한국 표준어가 아니라 연변말로 서빙
할 것을 요구한다. 인종차별에 반대한다는 명분으
로 인종차별을 합리화하고 있는 제이에게 자신의
경험이 오히려 타인에게 자신이 경험한 것과 같은
인종차별주의를 행하는 근거가 되는 아이러니는
왜 발생하는 걸까. 그는 과도한 피해 의식에 사로
잡혀 있다. 제이는 자신을 차별했던 사람들과 정
반대인 자신의 모습을 통해 그러한 비극에도 불구
하고 그와 정반대의 사람이 되었다는 영웅 서사이
자 치유 서사를 쓰고 싶은 것이다. 그 서사는 제이
를 상처에서 벗어나게 해주는 보상 기제의 일환일
것이다. 그러나 오히려 그는 영애가 지닌 겹겹의
얼굴을 단 하나의 얼굴로 왜곡시킨다. 제이에게
필요한 건 영애라는 한 사람이 아니라 한국에 와
서 일하는 조선족이기 때문이다.

　진정한 사랑의 깊이도, 진정한 사람의 깊이도,
그것은 모두 겹겹의 형식으로 숨겨져 있을 것이

다. 한 겹을 벗기면 또 속이 있고, 그 속을 벗기면 또 속이 있으니, 벗기는 사람은 물론이고 벗겨지는 사람 역시 이 겹겹의 진실, 또는 겹겹이라는 진실을 잊지 말아야 할 것이다. 사랑 없는 이념은 공허하고 이념 없는 사랑은 부박하다. 쉽게 공허해지고 그보다 쉽게 부박해지는 것이 인간의 삶일진대, 사랑이 동반된 이념을 실천하고 이념을 잊지 않은 채 사랑하기 위해 지하련은 우리에게 "가장 독립한 인간"이 될 것을 요청한다. 그에게 가장 독립한 인간이란 스스로가 허락하지 않으면 결코 타협하지 않는 인간이었다. 사랑에 있어서도, 사람에 있어서도.

제법 엄숙한 얼굴

초판 1쇄 2023년 5월 9일

지은이 지하련, 임솔아
펴낸이 박진숙 | **펴낸곳** 작가정신
편집 황민지, 조용우 | **디자인** 나영선 | **마케팅** 김미숙
홍보 조윤선 | **디지털콘텐츠** 김영란 | **재무** 이수연
표지 및 본문 디자인 석윤이
인쇄 및 제본 한영문화사

주소 (10881) 경기도 파주시 회동길 216 2층
대표전화 031-955-6230 | **팩스** 031-955-6294
이메일 editor@jakka.co.kr | **블로그** blog.naver.com/jakkapub
페이스북 facebook.com/jakkajungsin
인스타그램 instagram.com/jakkajungsin
출판 등록 제406-2012-000021호

ISBN 979-11-6026-310-7 03810